I0672911

MAX CHÁRRIEZ

Huesos secos

SERIE PROFECÍAS: LIBRO II

Huesos secos
ISBN: 978-0-615-89598-7

© 2013 Max Chárriez
Derechos Reservados

invitacionalpolvo@gmail.com

Diagramación y Diseño de cubiertas
Julio A. García Rosado

Editorial La Tuerca
P.O. Box 3731, Carolina, P.R. 00984
editoriallatuerca@gmail.com

_____

Impresión hecha en Puerto Rico.

Este libro va para todos mis estudiantes.
Para mí ha sido un privilegio servir a la patria
desde el salón de clases.
Gracias por enseñarme tanto.

Prólogo

… Me llevó…
y me puso en medio de un valle que
estaba lleno de huesos.
Y me hizo pasar cerca de ellos
por todo en derredor;
y he aquí que eran muchísimos
sobre la faz del campo,
y por cierto secos en gran manera…
y he aquí un temblor;
y los huesos se juntaron
cada hueso con su hueso.
Y miré, y he aquí tendones sobre ellos,
y la carne subió,
y la piel [les] cubrió por encima; …
y entró espíritu…, y vivieron,
y estuvieron sobre sus pies;
un ejército grande en extremo.

Ezequiel 37: 1-10

domingo, 5 de agosto, 11:55 PM
Cabo Rojo

Muy a menudo algún cliente, especialmente mujeres, después de la consulta, le preguntaban si no le daba miedo vivir en aquel páramo solitario y yermo. Algunos lo hacían realmente asustados por lo aislado del lugar, otros pensando en los asaltos y en la criminalidad rampante. «Rampante», esa era la palabra que usaba la gente. Doña Primitiva se reía, le sorprendía que expresaran temor después de consultar a los muertos en una habitación a oscuras. «No le tengo miedo ni a los vivos ni a los muertos», les decía ella y se llevaba el cigarro otra vez a la boca. «Además», les decía, «por ahí se pasan los locos que buscan platillos voladores.»

La preocupación era genuina. Vivía sola en aquella casa que siempre parecía que se estaba cayendo de lado en aquel tramo de carretera desierto y oscuro entre Lajas y Cabo Rojo. La casa más cercana está como a diez kilómetros. Pero, quién iba a querer vivir en aquel paraje de barro rojo, seco y caliente. No había un árbol, excepto el viejo tamarindo al lado de la casita y estaba seco también.

No siempre había sido así. «Enante fue un barrio con mucha gente. Allá'rriba hubo un pozo de agua fresquecita y tó esos arrimados que liberaron de las centrales de Guánica y Lajas cogieron pa' estos montes», les decía. Sus padres habían llegado mozos y allí también ella había conocido el amor y la maternidad. Ahora solo quedaba ella. Ella y sus muertos.

Miró a la distancia, por encima de la carretera y la maleza, se erguían las sombras de unos edificios cerca de la playa. Pronto no estaré sola, pensó, vendrán las luces, los tapones, el ruido de los vivos…

Bajó los escalones de bloques con mucho cuidado, no quería caerse en aquella oscuridad de una noche sin luna y se dirigió hasta el baño construido en cemento como a 25 pies de la casucha. Sobre eso también le preguntaban. La razón para tener una casa de madera cayéndose y un baño en cemento al lado. Y ella, haciendo la historia que había contado ya tantas veces un poco más graciosa de lo que realmente era, les decía que el alcalde vino en época de campaña política y le prometió hacerle la casita nueva en cemento, pero después que se trepó en la alcaldía solamente aparecieron fondos para hacerle un bañito. «¡Figúrese usté!»

Una vez hizo lo que tenía que hacer, apuró el paso para regresar, cerrar bien la tranca de la puerta y ponerse a rezar el avemaría antes de apagar la bombilla y acostarse a dormir. Admitiéndose a sí misma que si no fuese porque la edad la obligaba a estas salidas nocturnas al baño, ella tampoco saldría en aquella oscuridad impenetrable.

Subió los escalones de bloques con más cuidado todavía y llegó al balcón, se detuvo a respirar un poco. A la distancia, junto a las sombras silentes de los cajones de concreto algo le llamó la atención. Hizo un esfuerzo por ver, ya su visión no era la de antes. Había luces… sí, luces…como pequeñas esferas de colores, brillantes que flotaban sobre el pastizal.

Pensó en los locos de los platillos voladores que se pasaban en el monte o tal vez mozalbetes del pueblo haciendo maldades. Pero no… no parecían linternas. Daban la impresión de ser algo diferente… especial. Algo en ella, algo más allá de lo que su pobre vocabulario le permitiera expresar, más allá de lo que pudiese comprender, le hizo saber que eran aquellas luces y sintió miedo. El miedo súbito y primordial que sentimos los humanos ante el lobo que se nos para al frente en una vereda solitaria en un bosque desconocido y nos mira, no ladra, no ataca, solamente le ves el pelaje entre los hombros erizarse, caer las gotas de saliva de sus fauces y no sabes si correr o hacerte el muerto... Ese miedo.

De repente las esferas se elevaron y comenzaron a girar... más y más rápido, aumentado su brillo, danzando. Primitiva dio dos pasos hacia atrás y se llevó las manos al pecho. Sintió como sus vellos se erizaban. Siguieron subiendo y haciendo arcos y piruetas en el aire. Se elevaron tanto que tuvo que volver a la baranda del balcón para poderlas ver. De momento todo se detuvo, las esferas quedaron suspendidas sobre el terreno y pudo contarlas... diecisiete. Tuvo la sensación de que la observaban, que sabían que ella las observaba también.

Entonces comprendió todo. Un gran terror se apoderó de ella. Como si miles de agujas intentaran penetrar su piel. Había trabajado con espíritus toda su vida, pero nada como esto. Sintió ser bombardeada por dolor, miedo, angustia, resentimiento, resignación y orgullo. Todo mezclado. Sin darse cuenta, comenzó a llorar.

Como había comenzado, terminó todo. Las luces menguaron hasta desaparecer y Primitiva pudo tranquilizarse poco a poco. No supo decir cuánto tiempo había pasado pero decidió esperar unos minutos a ver si pasaba algo más. Pero no pasó nada. La noche se inundó de sombras nuevamente. Entró y cerró la puerta con la tranca y se aseguró que las persianas estuviesen cerradas. Prendió dos velones a Santa Bárbara Bendita y a la Virgen del Carmen, agarró el rosario y comenzó a rezar sentada en el borde de la cama.

Espantada, sin duda no dormiría esa noche. Había algo

enterrado en la tierra que quería salir. Lo ha sentido. Algo debía de estar pasando que había despertado almas en terrible pena y angustia. Buscaban venganza, todavía lo sentía en el alma.

Primitiva creyó escuchar un ruido fuera de la casa, pero solamente fue el aullido de un perro en la distancia. Miró la única otra luz que alumbraba el cuarto, el viejo reloj despertador. La 12:30 de la madrugada. Sería una noche muy larga…

> *Aparta de mi lado esos seres malvados y miserables que acechan,*
> *acudo a ti, santa Bárbara, para que los confundas, apártalos de mí…*
> *A ti aclamo con fe y te entrego mi vida…*
> *Tú la sublime protectora y generosa cristiana que abres tu pecho*
> *para los buenos seres en el centro y de el saldré con la sangre de tu*
> *corazón*
> *para librarme de ellos*
> *y no permitas que interrumpan mi marcha cristiana*
> *y si persisten, el infierno sea el castigo como pago por sus maldades*
> *y líbrame de todo mal…*
>   *AMÉN*
> *Padre nuestro que estás en los cielos…*

El teléfono timbró. Dejó la botella de *whiskey* en la mesa, se sacó la Colt 45 de la boca, se levantó y con pasos trémulos llegó hasta la mesita y lo contestó.

Más tarde, sentado otra vez a la mesa, con la botella de *whiskey* casi vacía, se preguntará qué lo motivó a abandonar lo que en su mente era ya un hecho y contestar. De todas las llamadas recibidas en su vida, por qué posponer su muerte para contestar ésta. Si hubiese creído en Dios o en algo, porque él ya no creía en nada, hubiese llegado a la conclusión que había sido la providencia divina. Se sorprenderá así mismo infiriendo de que, aunque le fuese difícil de creer, nunca había perdido la esperanza. Por eso se levantó, por eso se dio una última oportunidad. Se asombrará también cuando se dé de cuenta que no estaba tan listo para dejar la mierda de vida ésta, que los recuerdos sirven para algo más que para quitar el sueño, llenar los espacios vacíos de quimeras de lo que no fue y tal vez pudo ser y los silencios de alaridos espectrales.

Pero en ese momento nada de eso se le había ocurrido todavía. Fue el instinto, o tal vez la costumbre, la fuerza superior que lo movió a contestar. Cuando cogió el auricular no dijo nada, (algo que le llamaría la atención más tarde al pensar en todo esto), y esperó que la voz al otro lado de la línea hablara. Tampoco hizo preguntas, solamente escuchó: palabras que se quedarán grabadas en su mente hasta que a ésta se le apague la llama de la consciencia. Carajo, pensará, es como si hubiese estado esperando esa llamada toda mi vida. Indudablemente, así era. Tal vez no lo recordaba, pero en efecto, había estado esperando una llamada como esa hacía treinta y tres años.

Entonces, al llegar a esa deducción le será inevitable pensar en su hijo. Se dará de cuenta que casi no lo recuerda, que las imágenes están difusas por una mezcla de neblina y tinieblas, empapadas de dolor, podridas por la humedad de tantas lágrimas. Recordará con claridad cómo se perdió, como si se lo embuchara la tierra. Las sospechas, los acosos, las denuncias, el dolor de una madre y esposa a la que no supo consolar y a la que también perdió. Recordará las noches en vela, el calor reconfortante del *whiskey*, perderlo todo menos el orgullo, para luego no encontrar eso tampoco. Recordará el no haber tenido el valor de halar el gatillo las decenas de veces que se llevó la pistola a boca y se conformó con saborear el acre férreo y llorar como un mismísimo pendejo.

Sin querer, sin poder evitarlo viajará en el tiempo hasta aquella noche en que vio a su hijo por última vez.

—*¡Me maté trabajando para darte todo y ahora me pagas con esto… yo que he tenido que empeñar hasta el culo con cuanto cabrón político hay en este maldito país y ahora me sale un hijo nacionalista de mierda…! ¡¿A eso fue que te envié a la universidad, verdad!?*

—*Papi, el nacionalismo puertorriqueño es la patria organizada para el rescate de su soberanía…*

—*¡CARAJO!, no me vengas con citas de Albizu, canto 'e pendejo…*

Tampoco se daría cuenta que la llamada había desatado una serie de reacciones físicas en él: el efecto de las pastillas de dormir se había ido; el *whiskey* no tenía más el sabor agrio de la cicuta, sino el dulce ambrosiano que despertaba los sentidos del héroe; la pistola sobre la mesa era ahora fiel acompañante, casi una amiga y su mente maquinaba el próximo paso a seguir. Si hubiese estado más alerta hubiese notado que había rejuvenecido, que sus músculos estaban tensos, sus huesos fuertes y sus sentidos agudizados, listos para la batalla.

Con el último sorbo de licor tomará la decisión de que la muerte podría esperar unos días. Valdría la pena, se dirá, valdrá la pena irse en paz, el darle a todos los muertos la oportunidad de enterrar a sus muertos. Irse con la satisfacción de haber hecho lo que se tenía que hacer. Solo por eso estaría agradecido.

No lo sabe todavía, pero la mañana no lo sorprenderá pudriéndose en un charco de sangre con los sesos embarrados por las paredes de aquel cuartucho de hotel en Río Piedras. No, lo sorprenderá repasando la lista de cosas por hacer que escribió en la parte posterior de la nota suicida: ir al banco, sacar el dinero y las cartas de la caja de seguridad, comprar uno de esos teléfonos que van a todas partes y que caben en los bolsillos, un mapa, una pala; y abastecerse de gasolina. La mañana lo sorprenderá acomodándose la vieja pistola en la cintura, echándose sobre los hombros la vieja chaqueta de poliéster azul marino que conserva el tufo añejo a *whiskey* barato y cargando un bulto con lo poco que le quedaba en su vida. Bajará las escaleras sin despedirse de aquel hueco que llamó hogar en su miseria. Sería una mañana diáfana, con gente subiendo y bajando por la Ponce de León hacia el tren y la Plaza y la Iglesia y sus citas y sus compras en el Paseo de Diego…

No lo sabe todavía, aunque tal vez lo sospeche, Guillermo Sanabria nunca volverá.

Aurelio de Gracias ya estaba viejo para estos trajines. Chingar con una mujer de 24 años estaba fuera de su liga. Hacía falta algo más que la Viagra. Coño. Había que tener cojones para meterse en un asunto así. Todo sea por la imagen. Y porque en realidad no quería ser un viejo. No. Todavía no. Ahora es que comenzaba a disfrutar el fruto de todos sus sacrificios. Para esto era que había trabajado tanto. Para tirarse una modelo bruta de 24 años en un *penthouse* en Condado mientras los guardaespaldas lo esperaban a la puerta. Después de todo era el político más poderoso en esta colonia de pacotilla.

Nada lo apasionaba más que el poder. Y el sexo era su expresión máxima. Nada como someter una frágil mujer a la obediencia, cogerla como chivo expiatorio y sacrificarla con todas las ansias, que hiciera lo que tú quisieras y verle en la cara el deleite de complacerte. Entregar su cuerpo a tu voluntad, llevarla hasta el abismo y tener su vida en tus manos.

Pero se estaba poniendo viejo.

Estaba sentado en el borde de la cama, todavía con las palpitaciones y las gotas de sudor en la frente, cuando sonó un teléfono móvil. Se levantó y vio que era el aparato privado. Muy pocas personas tenían ese número y cuando timbraba había que contestarlo aunque no conociera el número desde dónde llamaban. Siempre era algo importante. Para él todo era importante. Contestó con un «sí», pues nunca se identificaba primero. Reconoció la voz inmediatamente y quedó como un pez que acaban de arrojar fuera del agua. No habló ni pregunto nada. Solo escuchó. Las palabras se repetirán una y mil veces en su mente en las próximas horas. Recorrerán por sus venas como una fiebre helada.

Cobró conciencia que ya la llamada había terminado pero él seguía con el aparato en la oreja. Realmente no lo podía creer. Como alguien que va caminando por las vías del tren y no se da de cuentas de que la locomotora viene hasta que se lo lleva enredado. Se levantó azorado. Sabía que tenía que actuar, pero no exactamente cómo. Lo que fuera tenía que ser rápido y contundente. No podía cometer errores. Paseó por la habitación.

Sin que se percatara, la rubia salió del baño, desnuda y se tiró en la cama y comenzó a tocarse las tetas y a masturbarse. La notó cuando se movió hasta la orilla de la cama a buscar la cajita con la cocaína. Quería más, estaba deseosa todavía. Al verla sintió una rabia incontenible, la agarró por los pelos y la arrastró hasta sacarla del apartamento. Se la empujó en los brazos a uno de los guardaespaldas. Ella sonreía con ojos apagados.

—Llévatela, haz con ella lo que quieras.

—Tú, ven acá rápido – le ordenó a otro. –Recoge sus cosas y llévatelas. Déjenme solo.

Buscó un cigarrillo y lo encendió. Trató de calmarse y organizar sus ideas. En momentos así era que se sabía quién era un líder y quien era un pendejo. No era el momento de lamentaciones. Era el momento de actual. *¿Por qué ahora, coño?* A la verdad que no se lo esperaba. Un enemigo al que creía destruido pero que claramente subestimó. Debió eliminarlo cuando tuvo la oportunidad. *Coño, te has puesto débil, Aurelio. Te confiaste demasiado.* Su única ventaja ahora era que lo conocía muy bien y tenía la posibilidad de predecir sus movimientos y anteponerse a sus pasos.

Se sorprendió a si mismo admitiéndose que se había descuidado, que había cometido una grave torpeza al pensar que el tiempo y siete pies de tierra habían borrado parte de su pasado para siempre. Pero no, los fantasmas surgen ahora en busca de venganza. ¿Cómo no pudo predecir esto? *Coño, le quitamos todo, lo humillamos, estaba preso, ¿qué esperabas, Aurelio, qué te llamara para darte su endoso a tu candidatura para gobernador?*

También se dio de cuenta que nada ganaba con pensar así ahora. Solo perdía tiempo, valioso tiempo. Lo importante era actuar rápido, antes que fuera demasiado tarde. *Debe estar perdiendo la poca razón que le queda, por eso la llamada a esta hora, un acto de desesperación.* Para Aurelio, eso era una ventaja.

Volvió al dormitorio, buscó el mismo teléfono, titubeó cuando lo iba a agarrar. Notó que su mano temblaba. *Maldito maricón de mierda, coño...* Pero lo alcanzó y marcó un número. Sin estar consciente de ello comenzó nuevamente a vagar por el apartamento, nervioso.

—Oyola, te quiero aquí lo antes posible... tengo un trabajo muy delicado para ti... pero rápido, no hay tiempo que perder... en el *penthouse*... no, en Isla Verde. Que nadie sepa que vienes para acá, usa el ascensor privado.

Colgó la llamada. Se paró en seco y se quedó mirando el aparato en sus manos. Sentía que le iban a estallar las sienes, mareado y con calambre por toda la piel. *Te estás cagando del miedo, Aurelio. Solo te falta que te dé un maldito ataque al corazón ahora.* Levantó la vista para chocar con su imagen desnuda en el espejo de la pared. Se vio calvo, con los pectorales caídos, los rollos de grasa en el abdomen, los testículos colgantes y pajunos, una piel pálida y cómo se ponía rojo de rabia. Tiró el teléfono con tanto coraje que el vidrio estalló en mil pedacitos.

<17>

Jorge Palacios no podía creer lo que veía en la pantalla de su Blackberry…

<17>.

Miró el reloj despertador, miró a su esposa que dormía a su lado, recorrió con su mirada la oscuridad interrumpida por la iluminación de la pantalla del aparato.

<17>

Una ráfaga de coraje azotó su mente atormentada.

<17>

Había pedido la corroboración de este dato y había esperado lo que parecía una eternidad.

<17>

No.

Imposible.

<17>

Sonrió nervioso… No, era imposible relacionarlo a él con… se levantó de la cama y caminó en la oscuridad hasta el baño y encendió la luz, se bajó los calzones del pijama y se sentó en el inodoro…

La idea le pareció ridícula, imposible… era absurdo el mero hecho que él lo asociara con… Increíble que después

de tanto tiempo el recuerdo persistiera... tal vez la consciencia... *hace tanto tiempo*... Se rascó la cabeza, notó que
se adormecía el fundillo y se levantó subiéndose los calzones. Se paró frente al lavamanos y se miró en el espejo.

—Nadie sabe nada sobre eso, solamente 3 personas y jura-
mos no decir nada, nunca. Lo perderíamos todo... ¿Será posible que uno de ellos...? Sí, era posible, pero su trabajo era
saberlo todo y estar listo para toda eventualidad. Solamente
había que tomar todas las variables en consideración y...

<17>

Él estuvo allí, parado en medio de aquel páramo yermo,
bajo la lluvia incesante y los contó... 17. Pero eso era parte
de un pasado que él no quería recordar, ¿para qué? Agua
pasada no mueve molino. Esos recuerdos son parte de otra
época, de otros tiempos políticos. Además, él ha trabajado
demasiado para llegar a dónde está ahora... Eso fue un
error, un error de juventud.

Y un secreto que debía proteger hasta el final, a cualquier precio.

Se echó agua fría en la cara... en unas cuantas hora
tenía que estar en la Fortaleza para una reunión con el
gobernador. Debía dormir, últimamente era un privilegio
dormir en su cama y no debía desaprovecharlo. Abrió el
botiquín y de uno de los frascos sacó dos píldoras y se las
echó a la boca.

<17>

Presionó la tecla roja del Blackberry y lo apagó aunque
no debía hacerlo. Volvió en la oscuridad hasta la cama y se
acostó. El medicamento hizo su efecto después de varios
minutos y Aurelio cayó en un profundo estupor. Pero no
descansó, se pasó el resto de la madrugada soñando con
unos cadáveres ya en sus huesos que salían de las entra-
ñas de la tierra y lo perseguían por un campo, llovía, los
muertos siempre lo alcanzaban y destrozaban y comían sus
carnes... por más que trataba, no podía despertar.

PRIMERA PARTE

La verdad anda sobre la mentira como aceite sobre el agua.

Miguel de Cervantes y Saavedra

Los noticiarios y los periódicos le asignarán el número 665 a este cadáver. Treinta y tres más que el año pasado a la misma fecha.

Por qué cualquier dios crearía, o al menos permitiría la existencia de un ser tan bello, para dejar que se extinga de la forma más banal posible. Cuál es el exacto significado de la vida… de esta vida desangrándose a mis pies. No concibo que cualquier dios permita esto, o que permita que su creación se pierda así. Yo le quitaría todo vestigio de libre albedrío, toda moral, hasta el mismo deseo de ser dios y viajar a las estrellas; todo por vivir en paz. O es que tan solo somos una expresión física más de esto que llamamos universo que tal vez es solo una pompa de jabón en la bañera de algún ser gigantesco y monstruoso…

Di dos pasos atrás, el charco de sangre amenazaba con alcanzar mis zapatos de *Payless* y no tenía ganas de pagar $19.95 más *ivu* por un par nuevo, porque sabía que una vez manchados me iba a dar manía y no me los iba a querer poner más.

La escena dantesca se desarrollaba ante mí con los actantes habituales: el cuerpo inerte de un muchachito de 17 años sancochándose en su sangre en aquella noche caliente, la cinta amarilla, los focos de las patrullas, la decena de policías, algunos de ellos noveleriando, la fiscal, los técnicos de forense, el público morboso, murmurante y aquella pobre viejita a los pies de Marrero que eñangotado junto ella trataba de consolarla e interrogarla a la misma vez.

No sé a qué carajos me envían a investigar estos casos. Y no es que no me importe, todavía no me he deshumanizado tanto como para que el cuerpo que un niño de 17 años no me toque algún botón y me haga cuestionarme qué demonios pasa en esta colonia de mierda, en este roto entre el mar y el cielo o en todo caso la existencia misma; pero es que aquí no hay nada que investigar. Una pérdida de tiempo y recursos, de los pocos que tenemos. Aquí quedaba un cuerpo sin vida que ya narró su historia: 17 años, mula de punto, se robó los chavos para comprarse esos tenis aparatosos que posiblemente vio en algún artista de regetón o *hip hop*, y estuvo escondido con esa viejita, tal vez la abuela, tal vez lo único que le quedaba porque el padre está preso o muerto y tal vez la madre murió de sida o una sobredosis, para que no lo encontraran. La posibilidad de irse del barrio era latente en aquel papelito con una dirección de Lawrence, Massachusetts, en medio de la sangre cerca del bolsillo del mahón. Quedaban balas, más de las necesarias para matar a un muchachito flaco, pero en este ensayo de país se venden millones de balas sin registro y sin control para usarlas en quién sabe cuántas armas ilegales que entran y salen… Y toda esa gente que veo ahí en las aceras, todos saben quién fue, es posible que la misma abuelita sepa quién fue pero, no va a decir nada porque el dueño del punto le compró las medicinas de la diabetes el mes pasado o repartió neveras en Navidad…

Sí, me toca, me toca más cerca de lo que quisiera, de lo que me permitiría. Y es que me recuerda a David Caleb y la expresión que a veces pone cuando se va del mundo, cuando ni el psiquiatra ni yo podemos penetrar su mente. David Caleb, después de ayudar con su testimonio a desmantelar la red de pornografía infantil que desde «el concilio» dirigían los apóstoles de La Senda Antigua en Trujillo Alto y haber confesado ser el artífice junto a sus hermanos del asesinato de Rodríguez Aguilú, cayó en una profunda depresión que lo ha incapacitado y no responde a tratamiento.

Cerré la libreta de apuntes, saque la camarita que siempre llevo conmigo para tomar fotos de las escenas, por si acaso, y tomé algunas. Quedarán pegadas, como suvenir, en el muro de los casos sin resolver en la comandancia. Cuando verifiqué las fotos para ver si habían salido bien volví a notar la belleza bruta de aquel cuerpo... la niñez adulta de aquel rostro, la firmeza lisa de aquellos músculos, de su torso menudo... me sorprendí cuestionándome si aquella piel había sido alguna vez acariciada, deseada, amada...

Una discusión entre dos agentes uniformados a mis espaldas me arrancó de mis pensamientos y me viré a ver qué pasaba. Cuando vi a uno de ellos con el arma de reglamento desenfundada me brincó el susto al pecho, casi me tiro al piso... me di cuenta que no había ningún peligro y señalaban a algo entre la maleza a orillas de la carretera. Me acerqué, con calma, porque los muy morones son capaces de dispararle a cualquier ruido, y como quién no quiere la cosa les pregunté qué pasaba. El de la pistola, la que seguía moviendo como si fuera la varita mágica de *Harry Potter*, señala nuevamente al suelo:

—Ese perro tiene una bala del tiroteo y yo le digo a este que es mejor matarlo de una vez porque como quiera le van a sacar la bala...

Me dieron ganas de decirle que se sacara el pene de aquellos pantalones que le quedaban demasiado apretados como para ser útiles en la labor de combatir la criminalidad y que mejor se disparara en los testículos, así nos asegurábamos que no trajera más morones al mundo. Pero

con sarcasmo y condescendencia, que ninguno de los dos
notó, por supuesto, le dije que no, que todavía no se podía,
que había que esperar que forense midiera la distancia porque había que calcular la trayectoria de cada bala...

Con un *te lo dije* y finalmente enfundando la pistola,
se fueron a buscar a alguien de Forense como les pedí. El
cachorro sato brincó asustado cuando traté de tocarlo. La
herida de bala la tenía en la anca de la pata trasera izquierda.
Entrada y salida; no lo mató, pero era una herida seria. Me
miró con unos ojos brillosos, era evidente que tenía miedo y
dolor. Parecía aceptar su insignificancia de organismo des-
echado desde nacimiento y no hizo otro esfuerzo por huir o
moverse. Escuché a Marrero llamar mi nombre y lo busqué
con la mirada. Lo vi venir en mi dirección, me levanté, tenía
los ojos rojos y estaba serio. Sabía que a este gordo gigantón
estas cosas le daba durísimo y que terminaría comiéndose
una olla de mondongo con tres cervezas para ahogar la tensión. Yo prefiero ver porno y masturbarme.

—¿Qué te dijo?— le pregunté.

—No mucho, anoté todo. ¿Tú, terminaste? Ya van a levantar el cadáver y están recogiendo.

—Sí, hay que ir a hacer el reporte.

—Pues, vamos...

Comencé a quitarme la chaqueta y Marrero me leyó las
intenciones.

—Sánchez, no te vas a llevar ese perro... ese animal se
está muriendo, déjalo ahí...

Me doblé, cubrí al perro con la chaqueta, metí la mano
por debajo y trate de levantarlo sin lastimarlo mucho, temí
que me tirara a morder, pero se dejó recoger con la misma
resignación o tal vez porque reconoció mis intenciones. Estaba mongo, había perdido sangre, pero tal vez se podía
salvar. Marrero seguía protestando...

—Yo no quiero ese animal sucio en el carro... Manuel,
me vas a ensuciar el carro, coño...

lunes, 6 de agosto, 5:16 AM
San Juan

—No encontramos a David Caleb, su cama está vacía y hemos buscado por todo el edificio, nada. No se activó ninguna alarma y el guardia del portón dice no haber visto nada sospechoso. La última persona que recuerda haberlo visto fue la enfermera que le llevó la comida y las medicinas. Lo llamo porque...

La llamada al móvil me había sacado de una de mis pesadillas habituales: encontrarme, de adulto, escondido debajo de la cama y saber que alguien me estaba buscando para matarme, *se supone que muera aquí y ahora...*

Generalmente me despertaba gritando cuando aparecían los pies con medias blancas en la puerta de la habitación debajo de cuya cama me escondía. A veces, tenía a la Lola en las manos y trataba de ponerle las balas que seguían cayéndoseme de entre los dedos...

—...Lo llamo a esta hora porque tal vez es usted la única persona que lo puede ayudar... a él y a nosotros... ese joven sufre de síndrome de estrés postraumático... muy agudo... bueno, usted sabe, se lo he explicado. Ahora mismo es un peligro para sí mismo y para otros. No tiene la capacidad de percibir la realidad como usted y yo. Cualquier olor, color, ruido, rostro... lo que sea, lo puede poner

en un estado de percepción irreal y llevarlo a revivir episo-
dios del pasado… las consecuencias pueden ser peligrosas,
para él y para otros.

Sabía exactamente de qué hablaba.

—¿Cuándo se dieron cuenta que no estaba?

—Como le dije, la enfermera que le llevó la comida y
las medicinas como a las seis de la tarde. No reportó nada
extraño. Como siempre, le habló, le contó cosas durante
los minutos que pasó allí, por supuesto, él mira, pero no
responde… hace semanas que no responde…

—lo sé…

—Después del cambio de turno, a las once, no estaba
en la cama, ni en el baño… bueno lo buscamos por todos
lados… Se pone que llame a la policía y lo reporte desaparecido, ese es el protocolo, pero no necesariamente lo mejor…como le dije, temo por su seguridad, es muy delicada
la situación…

—Doctor, doctor… lo entiendo muy bien. Hizo lo correcto en avisarme primero. Haré todo lo posible por encontrarlo.

—Cuando sepa algo me puede llamar a este mismo número, es mi celular… aquí casi nadie lo sabe, los que lo
sabemos lo callaremos para darle una oportunidad. De
más está decirle que estoy arriesgando mi carrera por esto,
pero… le tenemos mucho cariño, admiración, tal vez, por
lo que hizo… se merece una segunda oportunidad en la
vida.

—Los mantendremos en comunicación. Le agradezco.

Ya sería imposible volver a dormir. La pesadilla, más
esto.

Después que salimos de la escena del tiroteo en Río Piedras, esperamos una hora en la clínica veterinaria de la Pi-
ñeiro hasta que estabilizaron al cachorro, escuché todas las
protestas y quejas de Marrero hasta que me dejó frente a la
casa… esta casa vacía… la casa de Maritza. Esta casa llena

de rejas y candados. Maritza vivía aterrorizada de que por mi trabajo de policía se nos metieran en la casa a matarme o matarnos o tirotearan la casa. Ella se fue a Londres, se consiguió un buen trabajo con una empresa inglesa y dejó esta casa intacta, se llevó la ropa, bueno, no toda.

Abrí el candado y el portón de la marquesina que retumbó en la cavidad de ese espacio tan puertorriqueño en el que se guarda el tesoro más preciado, el carro... y ahí estaba el suyo, bestia silente, cogiendo polvo... abrí otro portón de rejas y otra cerradura doble y entré a la sala oscura, prendí la luz y vi otra vez los papeles del divorcio sobre la mesa, cogiendo polvo también, como el carro y las lámparas y las cortinas y el televisor... Ahhh... El recuerdo de tantas cosas que no se dijeron, que no quise enfrentar... tanto por hacer.

Decidí darme un baño, buscar las llaves del carro empolvado y salir a dar una vuelta por Guaynabo City, por las calles cerca del instituto en el que tenemos a David Caleb. Se supone que nadie sepa dónde está, se supone que esté en custodia protegida, pero esta es la tercera vez que se escapa. La primera vez se enteró la prensa y fue un circo, hasta un titular de un periódico de esos de tercera y amarillenta categoría se atrevió a poner de titular, en rojo, «Asesino de Trujillo Alto anda suelto» y La Maldita Comay le sacó como 5 días de *rating*. Porque en esta paisito se le saca el jugo económico y político a las víctimas mortales de la violencia y a las que se viran y se defienden, las que viran la tortilla y tiran la raya y dicen basta ya... también, y son victimizadas una y otra vez.

—Hey, Marrero… hey, Sánchez.

—Hey García, qué es la qué…

—Aquí con las manos llenas de sangre…

—en las mismas entonces…

—No me lo perdería por nada…

—Por qué ustedes siempre se saludan con los «hey» y los mismo «qué es la qué» y «no me lo perdería por nada»

—Es una escena entre Luke, Leia y Han Solo en *Return of the Jedi*… no lo entenderías.

—Supongo que no… me imagino que en la mente de ustedes yo soy Chubbacca: grande, bruto y pelú… —casi les gritó mientras se alejaba.

—¿Qué le pasa a Marrero?

—Está así desde anoche. ¿Oíste del tiroteo en Río Piedras? Le tocó bregar con la abuelita del muchachito tiroteado. Se le quitará una vez se coma una olla de mondongo con tres cervezas.

—Qué cruel eres.

—Ponme al día, ¿qué tenemos aquí?

Entramos al edificio, una casa grande estilo palacete de esos que existían en Río Piedras en los años 40 y 50, convertida en un centro de retención para convictos de mínima seguridad que podían salir durante el día a trabajar y poco a poco ajustarse a la sociedad. No dejaba de parecer una cárcel con rejas en cada ventana y portones en cada área que pasábamos. Subimos unas escaleras al segundo piso.

—El cuerpo fue encontrado esta mañana cuando el oficial de custodia dio la primera ronda. Estaba solo en la habitación, la otra persona que estaba compartiendo el cuarto salió en libertad bajo palabra hace 3 días. Según el oficial de custodia, nadie escuchó nada durante la noche y no se anotó nada extraño en el registro del oficial nocturno. Ninguno de los presos aquí fue enjuiciado por crímenes violentos, más bien crímenes de cuello blanco y por la escena te puedo adelantar que parece suicidio, pero...

Al llegar al segundo piso nos encontramos que había demasiada de mucha gente y eso a mí me pone nervioso porque las escenas se pueden contaminar. Afuera se escuchaba como crecía la cantidad de autos oficiales y la prensa. Marrero y yo nos miramos y miramos a García...

—El cuerpo parece ser el del exsenador Juan Pablo Gutiérrez...

—¿El expresidente del Senado...?

—Refrésquenme la memoria...— pidió Marrero.

—Hace casi 10 años lo acusaron de tomar dinero a cambio de controlar cuáles medidas se discutían en el Senado y después le encontraron pornografía infantil en la computadora de la oficina...

—Ya... ya recuerdo. ¿Cómo llegó aquí?

—Esas preguntas te toca a ti hacérselas a todo el que estaba aquí anoche y esta mañana.

Marrero me miró mal, como queriendo mandarme al carajo, pero no dijo nada. Sacó su libretita, el bolígrafo, sin dejar de mirarme y golpeando la libretita con el bolígrafo, se volvió a bajar las escaleras.

—La tiene conmigo. Creo que fue también por lo del perro.

—¿Qué perro?

—Después te cuento. ¿Por qué tanta gente aquí?

Ambos sacamos las placas y un oficial de custodia con un bigote extraño, como pasado de moda, nos dejó pasar al cuarto. No había mucho espacio dónde pararse porque la habitación era pequeña. Contenía 2 literas, una mesa de noche entre ambas y dos gaveteros. Todo estaba lleno de sangre. El cuerpo del expolítico yacía en la litera de la derecha, desnudo, en una posición que simulaba una mezcla de santo en martirio y éxtasis iluminado. Las paredes, el piso, la mesa y los gaveteros estaban llenos de símbolos, letras y números que había escrito en una orgía de sangre y locura. Como pudimos, García y yo, nos preparamos cubriéndonos los zapatos, poniéndonos guantes y mascarillas y tratando de trazar una ruta en aquel piso para no borrar nada. Sería casi imposible. Ambos sacamos las cámaras, ella la profesional, yo la chiquita de bolsillo que llevo conmigo a todas partes, junto con mis bolsitas plásticas y los guantes.

—Sánchez, voy a tomar fotos y recopilar evidencia.

—Yo también, ya sabes cómo funciona mi mente.

—Lo sé. A veces eso es lo más que me preocupa.

Tomé algunas fotos de la pared. Noté que los símbolos se repetían y me aseguré de fotografiar toda una secuencia. Como pude, me acerqué al cuerpo. Tomé algunas fotos. Noté que tenía heridas en las muñecas, pero no eran de navaja y entonces busqué alrededor y me di cuenta que no había ningún otro objeto cortante en el cuarto, ni sobre la mesa o gaveteros, nada… bueno, una Biblia y las Biblias no sirven para cortarse las venas, aunque maten de otra forma.

—Parece que para cortarse las venas se mordió las muñecas. —Fue García la primera en articularlo con una expresión mezclando el asombro y el asco.

—Notaste que no hay nada, ningún objeto en todo el cuarto, excepto la Biblia y sus zapatos. —Le dije mientras abría varias gavetas vacías.

Con mucho cuidado, miré debajo de la cama… nada, pero era la única aparte del piso que no estaba manchada de sangre.

—No hay mucho que se pueda hacer aquí. Tomaré muestras de sangre de diferentes áreas para evidenciar que solamente es de él y de huellas por si acaso. Pero esto parece ser un suicidio, nada más.

En eso Marrero se asoma a la puerta.

—Sánchez, aquí nadie sabe mucho. Esto los ha tomado de sorpresa. Parece que no hubo ningún indicio de que haría algo así. Lo describieron como una persona muy callada, solitario, no recibía visitas, sus salidas se limitaban al servicio comunitario que era parte de su sentencia y visitas al médico. La única persona que oyó algún ruido salir de su cuarto fue el oficial que hizo su última ronda antes del cambio de turno a las once. Pero no le llamó la atención porque estaba acostumbrado a oír mormullos como si estuviese rezando. Y eso es una cita.

—¿Cuándo fue la última vez que salió?

—Ayer, a la misma hora, al mismo sitio, regresó a la misma hora y se sentó a ver televisión y a fumar, fumaba mucho, lejos de los demás. Y eso es una cita.

—Si fumaba mucho, dónde están los cigarrillos… ¿No te llama la atención lo limpio que está este cuarto? Cómo si… ¿Preguntaste si tomaba algún medicamento?

—Por supuesto, ¿qué crees? Tomaba pastillas para la presión alta y Valium. Por la cantidad de potes de Valium que vi en la enfermería, aquí todo el mundo toma Valium. Y nuestros dos héroes intergalácticas, ¿qué encontraron?

—No mucho, Chowbacca, parece ser un complicado y dramático caso de suicidio.

—Por si acaso, ya llegó el Fiscal Lizardi y yo tengo hambre.

lunes, 6 de agosto, 12:22 PM
Rio Piedras

Mientras Marrero se comía una tripleta en La Península a ver si se le quitaba el mal humor, y García y yo compartíamos unas croquetas de jamón con café, les conté de la llamada del psiquiatra y la nueva escapada de David Caleb. Ninguno tuvo que expresar la preocupación. Tanto Marrero como García fueron claves para resolver el caso de «La Senda Antigua» y sé, aunque nunca me lo han dicho, que lo han visitado y las dos veces previas que se escapó pasaron horas incontables tratando de dar con el muchacho. Supongo que está vez será igual. Cada uno tomará de su poco tiempo libre para hacer su propia búsqueda, hacer sus llamadas. Dejé sobre la mesa, incontestada, la posibilidad de que alertáramos a los otros hogares donde se encontraban protegidos los demás hermanos y hermanas menores de David.

—¿Por qué se habrá suicidado de esa forma?— preguntó Marrero, masticando mientras hablaba, como siempre, en referencia al nuevo caso.

—Debió estar bien jodio para que se mordiera las muñecas hasta desangrarse— dije, convencido.

—La culpa —espetó García— Aunque esperar diez años para mostrar culpa no es muy convincente. Tal vez se estaba metiendo alguna droga, tal vez nadie se dio cuenta pero estaba empeorando su estado mental. Tal vez recibió una llamada o una carta y eso provocó alguna crisis.

—Lo que más me llama la atención es cómo dibujó todos esos símbolos en las paredes y el piso… como si fuera un ritual… o tal vez enviando un mensaje, pero ¿a quién? ¿Qué significa? ¿Qué tú crees Marrero?

—Que te crees síquico siempre dependiendo del instinto —aún con la boca llena— y tú eres muy técnica. A mí me parece que el hombre se cansó de vivir y se desquició. Una persona que tuvo tanto poder y dinero y verse así, en esas condiciones mientras sus amigotes políticos se hartan de chavos y poder…y en año electoral, peor. Por lo que escuché hoy, mucha gente piensa que aunque el hombre era un hijo de puta, los casos fueron fabricados para sacarlo. Además, tanta Valium…

—O sea, que esto es caso cerrado, un suicidio simple y claro.

—Así mismo— mientras se lamía la salsa de la tripleta de los dedos.

—De todas formas, hay que hacer el informe, verificar todo, esperar por el informe de autopsia.

—Yo me voy a Instituto— respondió García mientras se levantaba— tengo toda esa evidencia en que catalogar, registrar y comenzar a procesar. Como siempre, me mantienen al tanto.

—Nos vemos más tarde.

Me eché en la boca el último pedazo de croqueta que quedaba, el último buche de café y salimos.

lunes, 6 de agosto, 12:28 PM
Puerta de Tierra

—¿Lo vio en las noticias?

—Lo estoy viendo.

—No hay mucho más ni diferente a lo que están diciendo… se mató anoche, bueno, en algún momento durante la madrugada, se mordió las muñecas, usó la sangre para escribir una salta de garabatos por todas las paredes y luego se acostó como si estuviese meditando en su catre y murió. No dejó nota de suicidio, no le dijo nada a nadie.

—Celular… ¿Encontraste el celular?

—No, el cuarto estaba completamente limpio, bueno, limpio en el sentido de que no había ningún objeto o ropa, nada, gavetas vacías, paredes desnudas, nada. Solamente él y la sangre por todos lados.

—Tengo un mal presentimiento sobre esto. La gente loca es capaz de cualquier cosa. ¿Sacaste fotos de las paredes y el cuerpo? Las quiero ver.

—Tan pronto terminemos de hablar se las envío al celular.

—Nadie te vio o reconoció.

—No, estaba de oficial de custodia, sargento, con bigote. Nadie preguntó nada.

—Muy bien. Mantente alerta por si te necesito. La

transferencia se hará, como de costumbre, en veinte y cuatro horas.

—No faltaba más, siempre a sus órdenes. Hasta lue...

—¡Espera! ¿A quién enviaron a investigar?

—Un momento, lo tengo aquí anotado... Los del CIC eran los agentes Sánchez y Marrero, el fiscal Lizardi, de Forense solamente vi una dama, en el uniforme decía García.

—Lizardi es del partido, no habrá problema en convencerlo e que todo esto se debe quedar como un suicidio y que cierre el caso ya. ¿A los demás los conoces?

—Lo único que recuerdo es que este trío fueron los que descubrieron el caso de pornografía infantil en «La Senda Antigua»...

—¡Ajá! El lío del cabrón de Martínez Aguilú que por poco me salpica por estar defendiéndolo. Bien, nuevas órdenes, por los próximos días, vigílalos a todos. Tenemos que asegurarnos que esto se quede en nada.

—Necesitaré más gente...

—Está bien, pero, muy discreto, es solo para asegurarnos de que no haya sorpresas. Adiós.

Aurelio se quedó pensando quieto por unos segundos. Soltó el teléfono sobre el escritorio y se levantó. Caminó hasta el gabinete y se sirvió un *whiskey* sin hielo. Necesitaba algo fuerte. Estaba en su oficina privada, por supuesto pagada con fondos del senado que eran desviados tantas veces que se perdía el rastro, tan cerca de su «oficina», solamente tenía que bajar las escaleras, privadas también, y entonces se convertía en el Honorable Señor Presidente del Senado de Puerto Rico. Pero era aquí en este cuarto sin ventanas desde dónde ejercía el verdadero poder.

Aurelio entendió muy claramente que el cabrón hijo de la gran puta de Gutiérrez llevaba los nueve años que estuvo en la cárcel planificando su venganza. La llamada de anoche apuntaba a eso. Pero ahora viene y se suicida de la manera más extraña. Sabía que era parte del plan pero no podía, más allá de oler a peje maruca, entender las razones y las consecuencias. Lo mejor que podía hacer, ya con el hombre muerto, era asegurarse de que no pasara a mayores. Eso sería fácil, bastaba con unas cuantas llamadas y esto se iría por el caminito de las margaritas silvestres que él mismo cultivaba. Sería el final de Juan Pablo Gutiérrez exsenador del Puerto Rico. El hombre que sabía demasiado, una piedra que había que remover del camino. En un tiempo razonable, en este país sin memoria histórica, nadie lo recordará. Mejor. Terminó de tomarse el *whiskey* de un buche y le dio la bienvenida al calor reconfortante.

Sin embargo, no pudo eliminar la sensación de que algo grave iba a pasar. *Jorge Palacios...* había que estar pendiente a Jorge Palacios.

lunes, 6 de agosto, 1:45 PM
San Juan

Para matar el tiempo y el aburrimiento por llenar informes, conecté la cámara a la laptop para bajar las fotos del tiroteo de anoche y del exsenador suicida.

Tan pronto llegué a la Comandancia lo primero que hice fue hacer varias llamadas. En los hogares sustitutos, ni la maestra Ivis Pérez, que se había quedado con la niña menor del grupo de hermanos, habían visto a David Caleb. Les pedí que de verlo merodeando, se comunicaran conmigo inmediatamente y no llamaran a la policía. Pensé que era lógico que hiciera un intento de comunicarse con sus hermanas y hermanos.

Llamé también al hospital veterinario y prometí pasar más tarde.

Las fotos terminaron de bajar. Las archivé en carpetas identificadas bajo el número de caso. Abrí las del tiroteo. Me volvió a chocar la juventud de ese cuerpo flotando en sangre. La inocencia primordial de su carne en contraste con el rojo intenso y pecaminoso de la sangre. Noté, ahora y no en la escena anoche, un pequeño tatuaje en el cuello.

Pasé las fotos y encontré una de Marrero con la abuelita. Mostraba el dolor en su rostro, genuina angustia. Me recordé a mí mismo lo indiferente que soy a la amistad incondicional de este hombre que ha sido mi compañero de trabajo en las buenas y en las malas y me cuida, a veces como un padre cuida a su hijo pródigo. Pero así soy yo. Un cabrón.

Cerré esa carpeta de fotos y abrí las del suicida. Por morbo, lo admito. Estoy seguro, por experiencia, que aquí no hay mucho que buscar. Esto es un caso cerrado y tan pronto se termine el papeleo burocrático de certificaciones, se expedirá la certificación de defunción y se entregará el cuerpo a la familia. Y sospecho que la noticia tendrá trascendencia por unos días y después también será olvidada. Busqué las fotos de los garabatos en la pared y el piso. Era obvio que había un patrón. En algunas áreas de la pared se distinguían más claras que en otras, las del piso, grandes en tamaño comparadas con la pared, aunque se notaba que eran algún símbolo, eran difíciles de distinguir. Busqué entre las fotos las de una esquina de la pared, abrí Photoshop e hice un montaje simple para reconstruir la secuencia de los símbolos y lo envié a la impresora; me levanté, busqué café de camino, recogí la hoja impresa y volví a mi escritorio.

Los símbolos, dependiendo de las vueltas que le dieras al folio, adquirían nuevas formas. Traté de darles un significado simple, pero era imposible. Siempre estaba la posibilidad de que no significaran nada, que eran, simplemente, los garabatos producto de la demencia de un desquiciado suicida. Nada más. O tal vez, significaban algo que solamente él sabía, en cuyo caso yo estaba perdiendo el tiempo. Por otro lado, el que se va a suicidar, se suicida, rápido, lo lleva pensando tiempo y cuando surge la oportunidad, no pierden tiempo. Este no escribió una nota de despedida ni de explicación, no, él se mordió las muñecas y antes de desangrarse, usa su propia sangre para llenar la habitación de símbolos y números. La lógica me dice que tiene que significar algo importante para él y quería enviar un mensaje.

De repente sentí una conexión con el muerto. Como si el mensaje fuera para mí y tenía la responsabilidad de descifrar la última voluntad de ese pobre hombre. ¿Pero qué significaban los símbolos? En las películas siempre hay un experto en símbolos, un Robert Lanstong, como en *El Código Da'Vinci,* que descifra los misterios dejados por los antepasados y que siempre llevan a un tesoro. No creí que esto nos llevaría a un tesoro, ni que revelara un secreto de estado, pero el hombre quiso decir algo y yo ya estaba atrapado por el misterio. ¿Quién sabe? Después de todo, tal vez sí sea una caja de zapatos llena de dinero.

Mentalmente hice una lista de posibilidades: buscar en internet, sacar un libro de símbolos de la biblioteca, preguntarle a alguien que supiera de numerología o tal vez llamar al contacto en el FBI a ver si uno de sus expertos conocía el código o los símbolos.

En eso llegó Marrero.

—Sánchez, la doctora Enau quiere hablar con nosotros, parece que terminó la autopsia.

—¿Ya?, ¿cómo es posible? El muerto tiene que haber llegado allí no hace ni dos horas.

—Exsenador... del partido en el poder... preso por corrupción... ¿Necesitas más razones?

Doblé el folio con el fotomontaje de la secuencia de símbolos y me lo eché al bolsillo del pantalón, apagué la computadora y seguí a Marrero que ya iba con las llaves en la mano bajando la escalera. Cuando iba a media escalera casi tropiezo con un oficial cuyo uniforme era tan nuevo que se le notaban los dobleces a la camisa como si la hubiese acabado de sacar del paquete plástico, me miró fijamente y aunque no lo reconocí, algo en sus ojos me dejó con la sensación de que lo había visto antes.

No importa la hora del día, el edificio provoca la misma sensación de frialdad claustral. No importa que esté enclavada en medio de una de las zonas más transitadas de la ciudad. El método científico, la burocracia y las estadísticas no pueden ocultar el olor a muerte.

Nos registramos, pasamos el detector de metales, nos dieron los carnets de visitantes y procedimos hasta los ascensores. De una oficina cercana salió un hombre que, aunque disimulaba que se arreglaba la ropa, me dio la sensación de que nos observaba. Miré a Marrero, estaba embobado jugando con un palillo de dientes sacándose los resto de vaya usted a saber de los dientes y no se dio cuenta. Volví a mirar al hombre y lo encontré recostado de la pared, con los brazos cruzados como esperando algo y mirando... Llegó el ascensor.

La puerta se abrió y salieron dos personas hablando animadamente. No nos prestaron ninguna atención, ni tan siquiera unas buenas tardes. Entré siguiendo a Marrero que con su tamaño casi siempre bloquea el paso y soy yo el que oprime el botón para bajar hasta el sótano donde está la sala de autopsias. Esperamos unos minutos de silencio frío, porque este edificio es como una nevera, y cuando las puertas comienzan a cerrarse apareció una mano, de repente, y las volvió a abrir. Era el hombre que noté anteriormente, que volvió a arreglase la ropa, como nervioso y se subió en el ascensor. La puerta se cerró.

El aparato se detuvo en el piso C y se abrió la puerta. El hombre salió y entró Maribel.

—Hey, que coincidencia...

—Por favor, esto es un ascensor, no el *Milenium Falcon,* no empiecen.

— ¿En serio? —me murmura Maribel mientras mira a Marrero.

—Todavía no se ha comido el mondongo, —le susurro— ¿Sabes por qué nos llamaron?

—Supongo que terminó la autopsia, pero tan rápido, ¿no? Extraño. Supuse que esto sería así, rápido, por la persona y porque es claro que es suicidio, supongo que quieren salir rápido del asunto, así que desde que llegué me puse a preparar el expediente y entrar al sistema la evidencia. No parece que haya mucho que hacer...

Al final de travesía, la puerta del ascensor volvió a abrir; nos encontramos con el piso raso, el frío polar y las puertas de metal que conducen a la morgue y las salas de autopsias. Marrero busca en su bolsillo y lo escuchamos revolver la paca de monedas que siempre lleva, dirigirse hacia las máquinas de refrescos y dulces junto a las tres viejas sillas que hay en una sala de espera improvisada desde los años 1970.

—Yo no voy para allá dentro.

Maribel y yo lo dejamos atrás y entramos empujando las anchas puertas de metal. Adentro el frío era peor, mezclado con el olor ácido a desinfectante. Al fondo de la sala, la doctora Enau observaba fijamente, con los brazos cruzados, el cadáver sobre la bandeja.

—Adelante, —sin quitar la vista del cuerpo— los estaba esperando.

—Gusto en verle, doctora, una pena que sea siempre en estas circunstancias.

García continuó acercándose a la mesa con curiosidad. Yo, por el contrario, desaceleré mis pasos, no tenía ganas de acercarme tanto. No importa cuánto tiempo pasaba en esta profesión, entrar a esta sala de autopsias me revolcaba el estómago, como en ese momento, aún más que no había comido nada desde las croquetas y el café de la mañana.

—Bueno, Sánchez, soy una jamona sin compromiso alguno que no sea mi trabajo, puede invitarme a cenar si gusta. Me enteré que se está divorciando.

Le di una sonrisita burlona. García me miró sorprendida.

—El cuerpo de Juan Pablo Gutiérrez llegó acompañado de una llamada de teléfono de alto nivel. No recuerdo exactamente que dijeron, estaba escuchando música, pero una sabe cómo es la política en este país, no había que explicar mucho, ¿no?

Hallé con la vista el frasco de mentolatum, me empavoné las narices y me acerqué a la mesa.

—Como leerán en mi reporte oficial, el honorable señor exsenador murió a causa de las heridas autoinflijidas. El hombre se desangró por las heridas en las muñecas.

—¿Podría explicarme lo de las heridas? ¿Hay seguridad que él mismo se las provocó?

—Sin duda alguna, amiguito. Las mordidas son consistentes con dentadura humana. La mejor evidencia es que se encontró que el tamaño y las marcas dejadas corresponden exactamente con el tamaño y forma de su mordedura. No hay duda que fue autoinfligida. Para su edad, tenía una dentadura envidiable.

—¿Así de simple entonces?

—Oh no, amiguito, ninguna muerte es simple. De hecho, esta es sumamente interesante. Para comenzar, el hombre estaba muriendo. Tenía cáncer en los pulmones, avanzado, ya estaba pasando al hígado, el estómago y el páncreas. No dice nada en el récord médico de corrección, así que es posible que nunca se quejara de nada. Tal vez no lo sabía.

—¿Si no se hubiese matado? —preguntó Maribel.

—Por el nivel de avance y metástasis… diría que le quedaban unos meses de vida. Debió de sentir bastante dolor y dificultad para respirar.

—Tenemos información de que fumaba en exceso.

—No lo dudo por el estado de los pulmones. Además de eso, sufría de Miocardiopatia dilatada, o sea, corazón agrandado. La sangre circulaba muy lentamente. Debió de experimentar debilidad, fatiga, tos… como pueden ver, tenía los pies muy hinchados. Me sorprende el hecho de que nadie se diera cuenta lo mal que estaba… porque este hombre estaba muy enfermo. Lo que da testimonio del nivel de negligencia en el Departamento de Corrección…

—La gran pregunta es, si estaba tan enfermo, por qué se suicidó. Por qué no esperar a morir.

—Como mencioné, tal vez no lo sabía. No hay evidencia en récord de un diagnóstico.

—Pero usted misma dice que por el estado avanzado del cáncer debió de estar con mucho dolor y otros síntomas. Debió de suponer que estaba muy enfermo…

—Y nunca dijo nada… —añadió Maribel.

—Toxicología. Cabe la posibilidad de que haya estado tomando algo o bajo los efectos de alguna droga…

—Por supuesto que tomé muestras de sangre para toxicología, aunque no es una prioridad, aún si se confirma el hallazgo de alguna sustancia química, eso cambia la causa de muerte. También tomé muestras de tejido. Tengo curiosidad en conocer qué tipo de cáncer tenía y cuán avanzado estaba. Nunca he visto un cuadro como ese en una persona viva y sin tratamiento.

—Bueno, si eso es todo, le agradezco…

—Oh no, eso no es todo. Le guardé lo más interesante para el final. Como les dije, cada muerte es interesante.

Cada cuerpo revela sus secretos aquí en estas cuatro paredes frías del subsuelo. Y este tenía un gran secreto. Acompáñenme.

Caminamos unos metros hasta un mostrador largo, de metal, con varias bandejas, bolsas plásticas de evidencias y tubos de ensayos. En una de las bandejas, sobre papel toalla, un teléfono móvil, separado en sus partes.

—Esto, amiguitos, era lo que el señor guardaba en su colon.

Maribel y yo nos miramos sorprendidos y la vez con certeza que este caso era más complicado que lo que parecía. La posesión de teléfono móvil por un encarcelado era un delito. Qué este señor tuviera un aparato en su poder y el hecho que lo ocultara dentro… de su propio cuerpo hasta en su muerte tenía que significar algo. ¿Pero, qué?

Maribel se acercó lo más posible, cogió los guantes de la caja suspendida en la pared, tomó el teléfono y lo inspeccionó de cerca. Era un modelo caduco.

—Es un Nokia, debe tener como diez años. Ya estos modelo no se hacen… de hecho, esto es un celular, esa era la tecnología entonces, análogo, los teléfonos de ahora con digitales… ¿Cómo es posible que lo utilizara?

—Lo abrí, —añadió la doctora— no tiene batería ni tarjeta. Creo que no la necesitaba, verás que el aparatito fue modificado, debió pagar mucho o conocer a alguien que hiciera ese tipo de modificaciones. De todas formas, te lo puedes llevar para que hagas tus experimentos con él.

De repente, se apagaron todas las luces.

Marrero se quedó quieto cuando se fue la luz. Tenía medio *Snicker* en la boca. Decidió esperar. Debía ser un fallo momentáneo o algún problema técnico en el sótano. Seguro encenderían las luces de emergencia.

Pero pasó casi un minuto y nada. Decidió levantarse, seguir el entorno de la pared, llegar hasta las puertas de metal que dan a la sala de autopsias y ver si allá había alguna luz y encontrarse con Sánchez.

Tan pronto se levantó, sintió que el empujón por la espalda, el golpe en la cabeza con un objeto pesado y duro. Perdió la consciencia mientras caía sobre la máquina de refresco y las sillas.

• • •

Me pareció escuchar un ruido de algo pesado al caer. Pensé en Marrero. Supuse que en los próximos minutos el gigantón tomaría acción y nos buscaría. ¿Por qué se tarda tanto? Entonces, percibí en la piel un cambio en la presión del aire, una leve brisa, los vellos en mis brazos se erizaron. Sabía, por instinto, que no estábamos solos. *Alguien acaba de abrir la puerta y entrar y no era Marrero, él hubiese llamado...* Rogué no tener un ataque de pánico allí mismo.

Sabía que justo en el instante de irse la luz, Maribel

estaba a mi derecha. Extendí el brazo y la alcancé en el antebrazo, ella respondió tocándome con su mano izquierda.

—Soy yo… ¿Doctora…?

—Estoy aquí… esto es muy extraño, se supone que las luces de emergencia prendan… además la planta de emergencias de este edificio nunca ha fallado… ni en huracanes… Si quieren creo poder llegar hasta mi escritorio y buscar una linterna aunque no creo que tenga baterías…

—Yo tengo una linter…

—Shhhh —murmuré— No se muevan, no enciendan nada… creo que hay alguien aquí dentro, sentí que entró alguien…

—El teléfono está en la pared izq…

—Shhh… no se muevan, no llamen a nadie, no saquen nada… —murmuré— cualquiera que sea la intención, el hecho de que cortaron la luz es para evitar hacernos daño… tal vez. No se muevan…

Sentí que me hiperventilaba, todo mi cuerpo se tensó. Maribel tiene que haberlo notado. Apretó mi mano tratando de darme seguridad.

Cerré los ojos. Traté de concentrarme en otra cosa, pero no pude. Así como si nada, ya mi mente estaba en otro lugar y en otro tiempo…

Sabía que estaba cerca, no lo podía ver, pero sabía que estaba cerca… lo sentía en la piel… lo olía… ese olor particular… perfume… era hombre, de eso estaba seguro…

El miedo corrió como una corriente por mi cuerpo… *fui consciente que lloraba, sentí las lágrimas surcar mis mejilla y perderé entre la nariz y el bigote…* Más cerca todavía… la leve y casi imperceptible caída del pie en el piso… el roce con la mesa… Quiere el teléfono, ahora me doy cuenta… *las medias blancas, veo las medias blancas…* Peleé con el impulso de sacar a la Lola de la baqueta, de alcanzar con mi otra mano la mesa y coger el teléfono… estaba ahí frente a nosotros, lo sentí… *medias blancas…* ¡NO! Respira… otra vez… respira…

Cuando recobré la conciencia, las luces estaban encendidas. Un contingente de empleados se movía de un lado a otro. La doctora discutía con alguien por teléfono y Marrero era atendido por un paramédico por el golpe en la cabeza. Maribel, arrodillada frente a mí, sostenía mis manos.

—Bienvenido… ¿cómo te sientes…? Tranquilo, ya todo pasó, Marrero fue el que cogió el golpe fuerte. ¿Te quieres levantar?

—No recuerdo que pasó… creo que… tuve un ataque de pánico.

—No sé qué te dio… pero lo que hiciste antes del desmayo posiblemente nos salvó la vida…

—¿Qué hice?

—Sacaste tu camarita y le tiraste una foto cuando estaba justo al frente nuestro apuntándonos con un arma. Tenía puesto un aparato para ver en la oscuridad y lo cegaste con el flash, salió dando tumbos… pero logró llevarse el teléfono.

—Sé quién es… lo vi cuando llegamos, estaba esperándonos y vigilándonos. ¿Recuerdas al hombre que salió del ascensor cuando tú te montaste? Ese… Creo que nos han estado siguiendo desde que salimos de Río Piedras…

—Parece que sí, toda la evidencia recogida en la escena

del famoso suicido fue destruida o robada, incluyendo las fotos que tomé y las que tú tomaste… hubo una amenaza de fuego en la Comandancia de San Juan y desalojaron el edificio, se llevaron tu laptop… Nos quedamos con un cuerpo y una certificación de que murió por su propia cuenta.

—O sea, que el caso se acaba de poner interesante.

—Parece que sí, Manuel, parece que sí.

No tuve más remedio. La esposa de Marrero no dejó
que me fuera. Conociendo esta familia, iban a estar co-
miendo hasta que no quedara vestigio de recuerdo alguno
de lo que pasó. Me iban a aplicar la misma medicina. Ya las
cuñadas de Marrero habían llegado, alborotadas, pregun-
tando y recontando el suceso que ya había tomado como 5
minutos más de acción y Marrero había pasado de víctima
a héroe. Ya todas metidas en la cocina.

También llegaron sus hermanos, policías los tres, amigos y vecinos. Había aparecido una nevera playera llena de
cervezas en la marquesina y había conversaciones anima-
das por todas partes.

Yo estaba sembrado en el sofá entre media docena de
adolescentes alborotosos jugando con el XBOX. El ataque
de pánico me había dejado tan débil que ni de allí podía
moverme. Los hijos de Marrero, ya adolescentes, altos,
musculosos con esa piel de ébano que brillaba de pura fe-
romonas, insistían en llamarme tío Manuel y enseñarme a
jugar. Yo sonreía y me limitaba a comerme los platos que
depositaban en mi falda.

Por supuesto, parte de mi mente estaba en otro sitio.
La manera en que se habían desarrollado los eventos, no

dejaba en meras sospechas el hecho de que fueron bien planificadas. Había una conspiración para descarrilar cualquier investigación sobre la muerte del exsenador Gutiérrez. Pero, ¿por qué? El suicidio de un expolítico preso no debe traerles problemas a nadie, ni a ningún partido. Era una persona olvidada, descreditada, caída en desgracia… A menos… a menos que lo que causaba tanta preocupación como para llegar a los extremos que llegaron era la necesidad de ocultar otra cosa, algún conocimiento que tenía el exsenador y que no debía de ser compartido. Pero, ¿qué? Si ya estaba muerto, qué carajos iba a decir o contar.

Una mano misteriosa, mulata con un fuerte olor a sofrito, llegó de algún punto detrás de mí y me cambió el plato plástico vacío por uno lleno de jamón con piña, albóndigas y ensalada de papas. Iba a protestar, pero las miradas de susto de mis «sobrinos» me indicaron que eso no se podía hacer. Sabía que si me comía todo aquello, iba a estar vomitando y enfermo por varios días. Agarré el tenedor y me eché un bocado como un burdo intento de suicidio.

Los muertos no hablan, me dije, pero escriben y dejan notas. Pero éste no dejó ninguna. No dejó nada de pertenencias. Todavía es un misterio que hizo con la ropa. La habitación estaba vacía… excepto la sangre… eso es…

Me levanté de un brinco del sofá que se confundió con el brinco que dieron los nenes al acabarse un juego que los ganadores celebraron y los perdedores lamentaron. Dejé el plato sobre la mesa más cercana y salí. Afuera, busqué el móvil y llamé a García. Noté, con el rabo del ojo, que Marrero se levantó, se alejó de la conversación de boxeo que llevaban los machos en la marquesina y se acercaba.

—García…

—Maribel, repasa conmigo, ¿qué se llevaron?

—Manuel, se llevaron todo: las fotos y las huellas…

—Pero no destruyeron las muestras de sangre, ni desaparecieron lo que va para toxicología.

—No, tienes razón, eso no… ¿qué estás pensando?

—Sospecho que todo fue un intento de ocultar algo que el muerto sabía y alguien no quiere que se sepa. Alguien con suficiente influencia y poder como para tener gente a dentro que le haga el trabajo sucio.

—El tipo no dejó nota, no dejó nada excepto un cuarto vacío lleno de sangre y…

—Exacto, Maribel, por eso se llevaron las fotos y la computadora y las huellas.

—Deben sospechar de los garabatos en la pared. Pero nosotros no llegamos a investigar nada, no sabemos si significan algo…

—Y no quieren que investiguemos…

La discusión con el comandante me tenía sentido ahora. «Sánchez», me dijo con voz firme, cara de tristeza y voz autoritaria, «déjelo ahí. Lo sucedido no altera el caso, ya la patóloga certificó la muerte por suicidio, no hay nada que investigar. Nada más, atienda sus otros casos. ¿Entendido?»

—Maribel, sé quiénes fueron, si los vuelvo a ver, los reconocería y…

—¿Qué pasó, Manuel? Cuando pones ese tono…

—Que no se llevaron toda la evidencia de los símbolos en la pared, —dije mientras sacaba de mi bolsillo el papel impreso con la secuencia de símbolos que había hecho antes de la llamada y que por instinto doblé y me eché al bolsillo para enseñárselo a ella y a Marrero. —Tengo una copia impresa que guardé en el bolsillo del pantalón antes de salir de la comandancia.

Marrero alcanzó mi brazo con su manaza y empujó el papel, tratando de ser lo más disimulado posible, y me hizo señales con la cabeza de que no lo sacara.

—Sánchez, no le enseñes eso a nadie. Déjalo ahí. El hombre se suicidó y ya.

Podía sentir el temor en la voz de Maribel. Y era cierto. Era peligroso. Supe también que yo no lo iba a dejar ahí, que me involucraría y que la curiosidad no me permitiría olvidarlo.

—Tienes razón, solo quería que lo supieras.

Colgué la llamada y me enfrenté a la mirada de preocupación de Marrero.

—Bota ese papel y olvídate del asunto. Prométemelo…

—Marrero…

—No se te ocurre pensar que todavía estamos siendo vigilados. Bótalo y deja eso…

—Marrero…

—Y te quedas aquí, no quiero que te vayas solo por ahí…

—Marrero, por favor, no soy un nene chiquito…

—El golpe fue fuerte y tengo que descansar varios días y no voy a poder velarte…

—¿Velarme? Eso es lo que tú haces, velarme, qué, soy un enfermo, un retardao, un loco, un nenito que hay que velarlo, protegerlo…

—Manuel…

—Sánchez, me gusta que me llamen Sánchez… ¿quién te pidió que me vigilaras? ¿Ah? ¿El Comandante? ¿Maritza? ¿García? ¡No necesito que tú ni nadie me vele, ni me ayude, ni me cuide… no necesito a nadie… Se pueden ir todos al carajo!

Entonces me doy cuenta que todos en la casa han salido a mirar la discusión, que he estado gritándole a Marrero en la cara, gestionando con las manos, que estoy hiperventilado y que este gigantón negro frente a mí me mira con tanta preocupación, pero yo solo veo condescendencia y siento ganas de llorar de rabia de incomprensión de mis mismas emociones que quisiera tirarme en los brazos de Marrero y llorar como un niño y de vergüenza porque todos lo saben ¡saben! que estoy loco pal carajo pero me dejan entrar en sus casas quieren hablar conmigo me dan comida me llaman tío…

Me doy la vuelta y me voy caminando.

—Manuel… Manuel…

lunes, 6 de agosto, 6:10 PM
Oficinas del Superintendente
de la Policía de Puerto Rico

El superintendente Palacios pidió un informe detallado de los eventos que transcurrieron en la tarde: un apagón general en el Instituto de Ciencias Forenses y una amenaza de bomba en la Comandancia de San Juan. Eso era lo que reportaba la prensa en las noticias de las cinco de la tarde. Por supuesto, la prensa no sabía que se habían «robado» la evidencia de la muerte de Gutiérrez de ambos sitios, que habían golpeado a una agente del CIC y la patóloga del estado amenazaba con renunciar.

Sospechaba, aunque no lo decía en voz alta, que todo tenía que ver con eventos que habían sucedido hace ya mucho, mucho, tiempo atrás... <17>

También sospechaba quién estaba detrás de todo: Aurelio de Gracias, Presidente del Senado de Puerto Rico. El hombre responsable que de él estuviese en esa posición. El hombre responsable que Juan Pablo Gutiérrez esté en la nevera de la morgue. El hombre que se ha vendido por el mejor precio, comprado a quién quiere, eliminado a quien los estorba y se aliaba a quien pudiera utilizar. El hombre más poderoso en Puerto Rico, el poder detrás del trono, al menos eso creía él... Había que ser cuidadoso, muy cuidadoso.

Eso lo sabía bien, pero la rabia, la rabia no lo dejaba pensar. Quería saber quién y cómo se atrevieron a entrar a una comandancia, prender fuego, llamar una amenaza de bomba, robar una computadora, apagar la electricidad en toda una cuadra incluyendo hospitales, golpear un agente, amenazar con un arma a otro agente y 2 civiles, usar equipo militar... y él no saber nada. Hubiese sido mucho más fácil y circunspecto llamarlo y pedirle que se encargara de las cosas. Pero no, le gustaba jugar a la Guerra Fría, a la película de James Bond. Siempre fue así.

Tenía que calmarse, tomar el control.

Hubo un tiempo en que él también fue así. Un tiempo en que todo era los buenos contra los malos, los azules contra los rojos y los verdes, en que la gente se dividía entre seguidores fieles al poder y subversivos incautos. Para él, esos tiempos habían pasado hacía mucho. Se había dedicado a la academia, olvidando tantas cosas que eran mejor no recordar y cuando se recordaban era preciso una botella de *whiskey*, caro por supuesto, del mejor, pero *whiskey* al fin y al cabo, *whiskey* para olvidar. Pero no se puede olvidar todo, no, eso es peligroso y lo importante es saberlo, saberlo todo.

Sintió un nudo en la boca del estómago al razonar, sin temor a equivocarse, que la muerte de Gutiérrez y los eventos de la tarde estaban todos relacionados... <17>...

—Maldita sea...

Tenía que ser cuidadoso, muy cuidadoso.

Estaba seguro que Gracias no tenía nada que ver directamente con la muerte de Gutiérrez, que el cabrón se suicidó, pero, ¿por qué? ¿Por qué el intento tan indiscreto y torpe de robarse una evidencia de un suicidio? A menos que... Sí, debía ser eso... Gutiérrez debió haber dejado una nota, una señal, una clave... algo que podía delatarlos a todos y por eso Aurelio llegó a esos extremos. Aun así, debió incluirlo en los planes, al menos consultarlo. Pero no se iba a quedar así. Levantó el teléfono y llamó a su secretaria.

—Necesito, para ya, que me consigan al agente… mejor, al técnico forense que estuvo en la escena del suicidio del exsenador Gutiérrez. Que sea discreto y que venga directo a mi oficina.

Necesitaba saber qué encontraron en esa escena y qué Aurelio de Gracias hizo.

La esperaban en recepción. De alguna manera supo que venían por ella. Sintió un impulso que huir, de desviarse y salir por otra puerta y llegar al carro. Pero también supo que eso sería más peligroso. Así que disimuló, se hizo la ingenua y actuó sorprendida cuando le anunciaron que el Superintendente de la Policía quería hablar con ella y su supervisor inmediato lo había autorizado.

¿Sería esto un intento de secuestro? ¿Encontrarán su cuerpo en una charca, pudriéndose? La lógica le decía que había más probabilidades de que fuera cierto, que se le estaba pegando la paranoia de Sánchez... aun así... los eventos del día. Seguro el Superintendente quería un reporte de los acontecimientos por uno de los testigos de primera mano, pero, ¿por qué ella y no Sánchez que era policía, o por la patóloga?

Todo sucedió muy rápido. Se vio montada en una todoterreno oficial de cristales oscuros y en menos de diez minutos en un ascensor privado directo a la oficina del Superintendente, su escolta nunca dijo nada. Una puerta fue abierta e instruida a pasar. Al escritorio macizo el hombre que reconoció por la televisión como Jorge Palacios.

—¿Usted es...? —preguntó sin levantar la vista de los papeles que inspeccionaba.

—Eh, Maribel García, técnica Forense, Departamento de Justicia…

El hombre levantó la cabeza y la miró fijamente claramente indicando que no esperaba una mujer.

—Sea breve, por favor, e indíqueme exactamente que evidencia se levantó de la escena de la muerte del exsenador Juan Pablo Gutiérrez.

—Se levantaron huellas digitales de varias partes de la habitación, muestras de sangre también y fotografías de todos los símbolos escritos en las paredes y el pi…

—¿Símbolos? —Levantando una vez más la mirada, intrigado.

—Las paredes y el piso estaban cubiertos de garabatos o símbolos que parece él mismo escribió con su san…

—Gracias. Explíqueme, con brevedad y precisión… exactamente, ¿qué evidencia se robaron del Instituto y de la comandancia?

—Las fotos, las tarjetas con las huellas levantadas y un teléfono que le fue extraído del colon durante la autopsia.

Hubo unos segundos de silencio… Cuando el hombre volvió a hablar, había un cambio de tono en su voz, un dejo de preocupación… de profunda preocupación y coraje.

—Mi sugerencia es que no hable sobre esto con nadie. Su cooperación será notada y gratificada. Eso es todo. Se puede marchar por la misma puerta y la escoltarán hasta su vehículo.

lunes, 6 de agosto, 8:10 PM
San Juan

El autobús de la AMA se había tardado como de costumbre. Esperé más de 30 minutos. La ansiedad mezclada con el coraje y la frustración por los eventos de la tarde en el Instituto de Ciencias Forenses y la discusión con Marrero frente a su familia no me dejaban estar tranquilo. Ya la gente me miraba sospechosa. Un loco suelto en la calle… y armado. Casi comienzo a caminar cuando finalmente llegó el autobús.

Al bajarme en la esquina de la avenida para caminar la cuadra que me separaba del hogar… la casa de Maritza, realmente… noté, inmediatamente, aún en la oscuridad, el carro oficial sin marcar estacionado en la calle paralela y que frente a la casa, sentado en la jardinera, había alguien. Continué caminando de forma casual, al menos pretendí, aunque intuí todo tipo de peligros. Metí las manos en el bolsillo como el que va a buscar las llaves y agarré la Lola.

Me aseguré de llegar caminando por la acera contraria y cruzar la avenida frente al carro sospechoso. No vi a nadie en el vehículo. Crucé rápido, pero sigiloso, para sorprender la persona cabizbaja sentada frente a mi puerta.

Con el rabo del ojo vi a un hombre desconocido que trotaba desde la calle paralela, la misma en la que estaba el carro «oficial» estacionado… una calle sin salida, recta; cuando pasé frente a ella no había nadie, ni caminando ni trotando…

Me acerqué a la persona que esperaba cabizbajo y brazos cruzados, como durmiendo, noté su ropa, sus sandalias y antes que levantara el rostro sube que era David Caleb.

—¡¿David!? ¿Pero qué haces aquí…?

Levantó el rostro a la vez que yo me arrodillaba frente a él. Me regaló una leve sonrisa con sus labios y una más brillante con sus ojos cuyas pupilas se abrieron de alegría. Lo tomé en mis brazos y le di un abrazo. Sentía los latidos de su corazón, fuertes, en toda mi piel. Volví a mirarlo, él seguía sonriendo y mirándome, ahora más tímido…

—¿Estás bien…? ¿Cómo llegaste…? ¿Cómo supiste dónde vivía…? Está bien, no tienes que decir nada… Tranquilo…

Entonces recordé la presencia del desconocido merodeando…

—Entremos a la casa, no es seguro estar aquí afuera. Ven.

Saqué las llaves. Las manos me temblaban. Me tomó, en mi mente, una eternidad abrir todos los candados que me recordaban tanto a Maritza… Llegar a esta casa era un calvario y hoy… peor. Sentía que mis sienes iban a explotar.

Encendí la luz de la cocina, halé una silla del comedor y lo senté. Volví a arrodillarme frente a él, frente aquel cuerpo de niño hombre, aquel rostro de ángel atormentado. Continuaba con aquella sonrisa casi burlona de mi preocupación… Le pasé la mano por la frente, por el pelo, le inspeccioné el cuello, los brazos, las manos…

—Estoy bien… tengo hambre.

Escuchar su voz por primera vez después del juicio me hizo un nudo en la garganta. Tuve que bajar el rostro para que no me viera con los ojos aguados. Me levanté y me senté en otra silla para componerme…

—¿Te gusta la pizza? Hay una pizzería cerca, puedo llamar y la traen.

Asintió con la cabeza.

—¿Dónde has estado todos estos días? ¿Cómo llegaste hasta aquí?

—No quiero hablar de eso ahora… Pero necesito ir al baño y me gustaría bañarme… son tres días…

—Claro, ven por aquí.

Lo llevé hasta el baño, un poco empolvado, pero organizado. Con esfuerzo encontré una toalla que, aunque olía a closet, estaba nueva y entre mi ropa encontré algo que le podía servir por ahora. Definitivamente tenía que lavar ropa y limpiar…

Lo dejé parado frente al lavamanos y cerré la puerta. Llamé a la pizzería y ordené una *extra large* con una combinación de carnes y queso que pensé le gustaría a un adolescente hambriento. Llamé a Marrero, y para no tener que hablar de otras cosas, le dije lo que pasaba. También llamé a Maribel. Ambos colgaron para llegar a verlo. Juntos decidiríamos qué hacer.

SEGUNDA PARTE

El hombre que no teme a las verdades, nada tiene que temer a las mentiras.

Thomas Jefferson

Pasé despierto la noche. Alternando ratos de vigilancia por las ventanas con la Lola en mano y ratos de observar a David Caleb dormir; entre el pánico y sospecha de que estaba siendo vigilado y el éxtasis mesiánico del aquel rostro de inocencia primordial. No me atreví acostarme a su lado… ¿Cómo es posible que haya sido capaz de arrastrar el cuerpo de un adulto por aquella cuesta en medio de una tormenta, despedazarlo y extirpar su corazón en una orgía de sangre y venganza? ¿Fue un acto de vil maldad o sobrevivencia? ¿Fue el instinto de protección… de preservación de la vida? ¿O tal vez producto de un alma rota…?

Almas rotas… de eso yo sabía mucho.

Varias veces vi patrullas pasar frente a la casa… estaba seguro que eran los hermanos de Marrero. ¿Qué le pasa a esta gente?

La pizza había llegado simultáneamente con Marrero y Maribel. Marrero con la misma ropa que lo había dejado y Maribel con el pijama de *Sponge Bob Squerepants*. Los tres observamos como se devoraba la pizza. Tuvimos miedo de extender la mano para tomar un pedazo y que se soltara la fiera a defender su presa. Bebió *Pepsi* hasta lo imposible y dijo que tenía sueño. Lo llevé a mi cuarto, la única habitación habitable y lo eché a dormir.

Después de una breve discusión, decidimos que debíamos dejarlo dormir, notificarle al médico en la mañana y que, después de todo, no estaría mal que se quedara unos días de visitas, o «vacaciones», como dijo Marrero. Que a mí me convenía coger unos días de descanso también. Y no lo refuté. Necesitaba dormir, al menos intentar, y aclarar la mente. *¿Pero, dejar a David conmigo?* Como era costumbre últimamente, Marrero daba órdenes y dirigía la operación rescate. «Hay que limpiar el patio y lavar ventanas y limpiar… mañana me traigo los muchachos…», salió diciendo y retumbando sus pasos de gigante.

Maribel y yo nos quedamos un rato a la mesa observando en silencio la caja de pizza vacía y pensando. Cuando ya el silencio era incomodo Maribel se me quedó mirando.

—¿Cuándo vas a comenzar a aceptar que eres una buena persona, buen policía y es posible que algunos de nosotros sintamos amor por ti?

—García…

—Marrero sería capaz de coger una bala por ti. Si lo hubieras visto cómo llegó ensangrentado, arrastrándose a la sala de autopsias y entrar en pánico cuando te vio en el piso. Trató de perseguir al hombre, pero no pudo, sacó una linterna de qué sé yo dónde y fue él quien buscó ayuda… para ti.

—García…

—Yo no sé exactamente qué carajos te pasó en tu niñez o cuándo fuera. Sé que eres la persona más extraña que conozco, pero me caes bien, me divierte ese sarcasmo tuyo, ese cinismo, tu inteligencia, tu sensibilidad… conozco pocos agentes con tu sensibilidad, con ese sentido ético tan elevado.

—Maribel…

—No he terminado… pero tienes que aprender a aceptar que tú le importas a las personas y que quieren ayudar. ¿Tú sabes por qué ese muchachito se escapó y llegó hasta aquí? Porque te necesita… a ti. ¿Sabes por qué Marrero te aguanta todas las malascrianzas? Porque te quiere y admira. ¿Sabes por qué te estoy diciendo todo esto? Porque me importa, Sánchez, y más te vale que comiences a darte cuenta. Yo sé que tu mente está jodía, entiendo lo de los traumas, blah blah blah. Si quieres comenzar a sanar, comienza por aceptar que aunque tú pienses que eres mierda, otros no piensan igual. Mañana, Laura tiene cita con el obstetra, pero llamo para ver si necesitan algo. También me voy a coger un día o dos para descansar y pasar el susto.

Se me había olvidado que la pareja de Maribel está embarazada y van a ser madres. Algún día, cuando haya un poquito de más confianza, preguntaré como fue el milagro de concesión.

—¿Cómo va eso?— pregunté para desviar el tema.

—Va bien. Hoy tuve que escuchar toda la cantaleta del trabajo peligroso y cómo ahora que viene el bebé debería de cambiar de trabajo. A veces dice que se quiere ir de Puerto Rico a un lugar seguro, cómo si eso existiera… —dijo mientras se levantaba.

—Existe, García, lejos de aquí.

—Me pidió que dejara de *janguear* contigo, que eres peligroso.

—El consejo más sensato que he escuchado toda la noche.

—Dice eso, pero le caes muy bien. Trata de descansar, Manuel, lo necesitas… Me llamas cualquier cosa.

El sol picaba. Los cuerpos brillaban de sudor. La tropa de los Marreros había llegado temprano, más temprano de lo esperado. Así comenzó el ritual boricua, reservado a los sábados, de limpiar patios, pegar manguera y lavar ropa. Todo acompañado de alguna estación de radio con música tropical y los olores criollos que salen de la cocina.

Ya cerca del mediodía los trabajos parecían llegar a su conclusión. La maleza que rodeaba la casa, destruida; ventanas abiertas y lavadas del hollín de un quinquenio; bombillas reemplazadas; bolsas y bolsas de basura y el carro lavado y reparado. La casa recibió un bautismo de agua, un despojo de adentro hacia afuera.

Al mediodía llegó García con Laura y pizza. Las mujeres se arremolinaron alrededor de la embarazada, los adolescentes no dejaron que la pizza llegara a la mesa. Marrero, como por arte de magia, develó una nevera playera con refrescos y cervezas. Sin decir nada, los tres policías nos quedamos observando como David Caleb compartía con los hijos de Marrero.

—Parece otro, —dijo García, rompiendo el silencio— ¿qué pasó en esos 2 días que estuvo perdido?

—No sé, Maribel, no quiere decir. Desde anoche lo noto tan diferente. Sonriendo, reservado, pero sonriendo, absorbiendo el mundo a su alrededor. Casi como si no hubiese pasado nada.

—¿Cómo no va a estar mejor? Está con gente, con muchachos de su edad. ¿Tú sabes lo que estar en ese ambiente de hospital, medicado todo el tiempo, con todos esos locos alrededor y los doctores hablándote la misma mierda y haciéndote recordar lo mismo una y otra vez?

—Tal vez tengas razón, Marrero. ¿Quién sabe? Ojalá y siga así.

—Siempre está pendiente a dónde tú estás, míralo... —observó García en tono serio. —Ese niño ha desarrollado un apego contigo bien fuerte. Está buscando una figura paternal, un guía. Tienes que tener cuidado. Puede ser muy bueno para ambos o...

—¿O?

—O malo. ¿Qué quiere que te diga? No soy psicóloga.

—No creo que sea yo la persona indicada. Mi vida es bastante complicada…

—Las complicaciones tuyas están solamente en tu mente…

—Díselo, García, a ver si a ti te hace caso…

—Hablando como los locos… nunca me contaron lo del perro…

—Yo te lo cuento… el pendejo este me montó un sato sucio sangrando en el carro. O sea, yo pasando trabajo entrevistando testigos, bregando con la abuela del muerto y ¿él?… Muy bien, gracias, salvando un perro realengo.

—Hablando del perro, tengo que pasar por el veterinario, si no lo recojo hoy me van a cobrar como una hospitalización. El veterinario dice que la bala entró y salió y que lo único se puede hacer es mantener la herida limpia y se sane sola.

—El universo es maravilloso, Manuel, está todo en su sitio. Tienes casa limpia, un hijo postizo y un perro. Si tú no ves la oportunidad para comenzar de nuevo…

—No jodas, Maribel, David Caleb volverá a donde tiene que estar y el perro, tan pronto se sane, al refugio. Mi vida es muy complicada…

—Marrero, ¿cuánto te apuestas a que los dos se quedan aquí?

—Una caja de cerveza.

—Que sea *Heineken* y hacemos el trato.

martes, 7 de agosto, 2:00 PM
San Juan

Disney. Sí, esa era la mejor descripción. El rostro de un niño en *Disney* por primera vez.

García nos dejó en el hospital veterinario. David Caleb se entretuvo saludando cada animalito en la sala de espera y visitando cada una de las jaulas una vez nos pasaron adentro. Me recordaba uno de esos extraterrestres en cuerpo humano en las películas que necesitaba mirarlo y tocarlo todo, oler, probar...

Fue amor a primera vista. El sato blanco con manchas negras, pata enyesada y antena parabólica en el cuello ya había sido bautizado por el personal del hospital como «Oreo». David Caleb y Oreo se aceptaron el uno al otro con todos sus defectos y virtudes. Dos seres rotos, buscando componer sus piezas. Con un pacto silencioso de que solamente la muerte los podía separar. Yo guardaba todas estas cosas en mi corazón que quería estallar y hasta me provoqué un leve dolor de cabeza tratando de silenciar al comité de voces que me daban instrucciones: gritar y salir corriendo. Page la cuenta. Regresamos en taxi.

Estaba fluyendo, con el pecho apretado, pero fluyendo.

Los Marreritos habían dejado el coche de Maritza como nuevo. Al marbete le quedaba un mes. No tenía otra alternativa, así que lo encendí, traté recordar las leyes de tránsito y nos dirigimos hasta Río Piedras. Necesitábamos toallas, ropa de cama, ropa para David, comida para el perro, un collar...

David Caleb miraba fascinado la ciudad, la gente, los ruidos. Se paraba en las esquinas a absorberlo todo. Cada actividad era nueva para él. Comprar ropa, zapatos, el dinero, la comida chatarra. No habló mucho, a veces muy serio, otras, con una leve sonrisa en sus labios. En la tienda de ropa la dependiente se dio de cuenta que ninguno de los dos sabíamos nada de modas, ni estilos, nos vio cara de *nerds* y se tomó el tiempo de buscar lo adecuado.

Paramos en el supermercado porque la cocina estaba limpia, pero vacía. Estaba completamente seguro de que no íbamos a cocinar, pero tampoco quería que se sintiese que pasaría hambre. Compramos frutas, cereal, leche, pan, huevos… Le di rienda suelta a que escogiera. Estaba seguro que este muchacho sabía sobrevivir muy bien, tal vez hasta prepararse sus propios alimentos… jamón, queso, jugos, soda y mucho *Chef Boyardi*.

En la tienda de mascotas compramos un collar, correa, comida seca y enlatada, galletas, platos para agua y comida, una cama. Si no salía pronto de allí iba a tener que comprar canarios, periquitos, finches, peces…

De regreso a la casa el chico se entretuvo con el perro, poniéndole el collar, enseñándolo a acostarse en la cama, mientras yo guardaba los víveres, vestía las camas y ponía toallas limpias en el baño. El perro, que hasta unas horas era una colección de garrapatas ambulante y hambrienta, estaba abrumado con tanto lujo.

Sacamos a Oreo al patio. No podía correr, pero exploraba cada rincón de aquel santuario. Nosotros nos sentamos en unas viejas sillas plásticas a coger el fresco de la tarde y mirar el perro.

De repente tomé consciencia de mi tranquilidad, del

sosiego en el alma, de la brisa fresca de la tarde, de la risa de David, los ladridos de alegría del perro… La llegada de un sentimiento de culpa, de impropiedad, como si no fuera eso…

—Ha sido un día bueno, —digo en voz alta, casi como un conjuro para ahuyentar las sombras.

—Sí, —contesta David, sin dejar de reír con las monerías de Oreo que pretendía cazarle los dedos.

—Vale la pena terminarlo haciendo algo divertido, —palabras tan marcianas que parecían salir de otra boca… — ¿Qué te parece ir al cine?

—Nunca… nunca he ido al cine.

—Y yo hace muchos años que no voy, así que pizza y cine.

La calma antes de la tormenta.

—Necesito hablarte.

—Por el tono entiendo que necesitamos privacidad.

Aurelio de Gracias, Presidente del Senado y Jorge Palacios, Superintendente de la Policía, tomaron sus respectivos tragos y disimuladamente navegaron la multitud agolpada en el salón de espejos hasta la terraza que da a la entrada de la Bahía.

Palacios se detuvo primero lo que provocó que de Gracias se volteara a mirarlo.

—He estado recibiendo... información confidencial y anónima al móvil... ¿El número diecisiete significa algo para ti?

—Y me lo preguntas a mí por...

—No te hagas el pendejo, Aurelio...

—Tan rápido con las malas palabras. No sé a qué te refieres y menos tendría algo que ver.

—Primero se muere Juan Pablo... bueno, se suicida y yo comienzo a recibir avisos de que algo pasa, no me digas que no sabes nada porque tú, supuestamente, lo sabes todo.

—Juan Pablo se suicidó porque estaba viejo, enfermo y loco, tenía cáncer, le quedaba poco, tomaba tanta Valium que quizás ni sabía lo que hacía. Sobre... esos rumores...

solo te puedo decir que seas más cuidadoso con lo que crees…

—Diecisiete, Aurelio, diecisiete, ¿Qué te recuerda?

—Son huesos secos, Jorge, parte de nuestro pasado, déjalo ahí.

—Tú sabes algo, dímelo, ¿quién más sabe eso?

—Ya te dije, no sé nada… nada que tú no sepas.

—Sí sabes algo, sabías que Juan Pablo tenía cáncer, eso no lo sabía nadie más… ¿tú lo mataste?

—Pero, ¿qué carajos te crees? ¿Cómo se te ocurre semejante cosa? Y no me hables así porque…

—Porque ¿qué? No te tengo miedo, Aurelio, hace tiempo que no te tengo miedo.

—Deberías, sabes el poder que ostento…

—Por favor… Tú y tus ínfulas de grandeza, ¿qué me vas a hacer? Eliminarme también.

—Puedo hacer contigo lo que me dé la gana…

—¿Seguro? Te puedes ir al carajo, Aurelio, y óyeme bien, porque te lo voy a decir solamente una vez: conmigo no juegues, si me pasa algo, o a mi mujer, o a mis hijos, padres, hermanos, tíos, sobrinos, primos, ¡al perro…! Te vas a joder. Me pasa algo y cada *fucking* periodista de esta maldita y apestosa isla va a recibir un sobre, harán un circo contigo y de la cárcel no te salva nadie, vas a terminar pegándote un tiro, Aurelio, si es que te queda algo de orgullo.

Vivir sin miedo. La frase ha estado estancada en mi mente desde que me desperté de la breve siesta. Digo siesta porque en realidad llevo varios días sin dormir. No sé si soñé con eso o alguien lo dijo. Tal vez sea producto de mi propia siquis, del comité mental dándome la solución a todos mis problemas. Vivir sin miedo.

A qué le tengo miedo. Sería capaz de admitirlo… Vamos a ver: le tengo miedo al miedo, y como vivo con miedo, tengo miedo todo el tiempo. Coño, que genial soy. El miedo me da miedo. Mierda, todo es mierda y seguirás pensando en mierda porque no te atreves a admitir que todavía le tienes miedo, por eso no apagas la luz de noche, por eso no usas medias blancas, por eso ves porno y te masturbas todas las noches para poder dormir… y no duermes, así que te masturbas más.

Todo esto es una mierda.

Anoche en el cine se me ocurrió pensar, mientras observaba la gente, qué pensaban cuando nos veían. ¿Saben que somos un loco con pistola y un asesino experto en cuchillos? Pero la realidad es que nadie nos miraba. La gente ya no se mira, pretenden que viven en una burbuja personal líquido con ácido como todos los demás. Vimos una película medio infantil que escogió David, simple, poco entretenida para mí, pero para él algo completamente nuevo y *super mega* divertido.

Cuando regresamos a la casa, sacó el perro a caminar por la calle, tal como en la película, como cualquier vecino normal. Tal vez de eso se trata, de jugar, de pretender a ser normal y yo hago tanto esfuerzo por no serlo.

Miré el reloj de la estufa, eran las 4:07 de la madrugada. Llevaba más de 2 horas sentado en la mesa bebiendo agua y resistiendo el impulso de poner un disco en el DVD y masturbarme hasta el agotamiento, hasta el dolor, después sentirme sucio y avergonzado de desear ser sodomizado, escupido, meado y usado; darme un baño con agua hirviente para calmar la culpa y quedarme dormido de agotamiento mental y emocional. Ese es mi castigo todas las noches y me hace falta. Pero con David en la casa, no me atrevo. Tal vez lo único que tengo que hacer es acostarme a su lado, dejar que su respiración sea la melodía que me acurruque, que su aroma me calme esta querencia... Pero, eso sería...

Decidí entonces ponerme a pensar en otras cosas, seguir el consejo de mi psiquiatra, que no sé si anda vivo por ahí, hace tiempo no lo veo, y enfocar mi atención en otra cosa. Hacía rato tenía el papel impreso con las fotos de los garabatos con los que Gutiérrez embarró las paredes y el piso de su celda. A simple vista era obvio que había un patrón, una secuencia de símbolos que se repetían. Sí, símbolos, porque no se equivocó en la repetición, así la lógica me decía que, al menos para él, significaban algo. Mi tarea, lo que me gustaría saber, es si significan algo para el resto de nosotros los mortales.

Lo primero que hice fue aislar una de las repeticiones del patrón y asegurarme de que no hubiera ninguna variación. Efectivamente, no había variación. Una pena que...

realmente coraje es lo que me dio, no tener las fotos de toda la habitación para comparar. De lo que recordaba, me atreví a imaginarme que una vez se cortó, mejor dicho, se mordió las venas, comenzó a garabatear en la esquina izquierda de la pared que queda frente a la puerta, arriba del gavetero y continuó hasta que ya tenía poca sangre o estaba perdiendo consciencia, las marcas en el piso eran menos controladas y organizadas que la de las paredes. La secuencia que logré imprimir era de las más claras y por ende, de las primeras que debió escribir. Sin las demás fotos era imposible saber si había algún otro mensaje.

Pero este era suficiente misterio para comenzar. Regresé a la oficina, bueno, a la esquina del cuarto de los regueros que me sirve para poner la computadora, impresora-todo-en-uno y el viejo teléfono de línea. Puse la foto en la bandeja de la impresora y oprimí el botón para que la digitalizara y me enviara la imagen a la pantalla de la computadora. Le tomó unos segundos, los mismos que me tomó a mí encender la lamparita y sentarme en la vieja silla de metal. Con el ratoncito surdo escogí la sección de la imagen que había aislado de las demás y la recorté.

Escribir con sangre le debió de haber dado trabajo. Hay que estar bien loco para hacerlo. Estoy loco y no lo haría. Pero hay gente que llega a los extremos. Había tres símbolos que se repetían en la primera sección del garabato:

Me pareció antigua, algo místico, pero era desconocido para mí. Sí había dos símbolos que reconocía: omega y lamba. No sé por qué, en algún lugar lo debí haber leído o visto. Estaba seguro que eran letras griegas.

La segunda sección del garabato era más enigmática aún: triángulos y palitos. Así que decidí comenzar por lo más obvio: Letras griegas.

Abrí una nueva página en Internet y escribí «letras griegas» y escogí ver imágenes. Omega y Lamba eran reconocibles inmediatamente en las primeras imágenes que aparecieron, pero no las demás. Seguí buscando hasta llegar a una tabla que comparaba jerogrifos egipcios, grafemas fenicios con las letras griegas de diferentes épocas. Santo y bueno, ahí estaban ambos, el símbolo que se repetía tres veces que representaba una «E» y la «K» al revés, en la lista de letras del griego arcaico.

Saqué el papel de la impresora, lo doblé y bajo los mismos símbolos comencé a traducir:

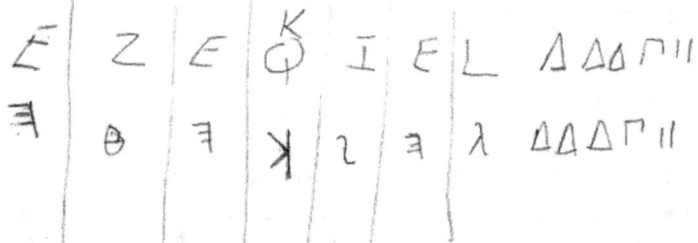

E Z E K I E L o Ezequiel… Un profeta que le da nombre a un libro del Antiguo Testamento. Increíble como la mente no olvida cosas que uno quisiera olvidar. Supuse que la otra sección del garabato tenía que ser un número. Sinceramente el descubrimiento me dejó defraudado. No sabía que esperar, pero imaginaba algo así como la clave secreta de una caja fuerte en el Capitolio o el número de cuenta de un banco suizo donde había depositado todo el dinero robado en sus años de política. Qué más daba, estaba despierto y ya era casi hora de levantarse, no podía ver porno y masturbarme, así que decidí terminar de descifrar la no tan misteriosa cita bíblica.

Volví a dejarme llevar por la lógica, más entonces ya que el misterio no era tan misterio y el mensaje secreto no era tan secreto, y volví a buscar en la Internet «antiguos número griegos». Efectivamente, obtuve una imagen de una tabla explicando cómo se escribían los números griegos en la antigüedad. Así que:

no era otra cosa que 37. Ezequiel 37. Mi cuerpo se movió en busca de una Biblia, entonces me di cuenta que en la casa no habían Biblias, hacía ya algún tiempo. Así que volví a la computadora, borré de la barra de búsqueda «antiguos números griegos» y escribí «Ezequiel 37». En segundo tenía una selección del capítulo bíblico en diferentes versiones de la Biblia y me sorprendió que hubiese tantas versiones de un libro sagrado en la que la gente basa tanto de sus creencias, políticas y acciones.

Abrí varias versiones: Dios habla hoy, Nueva Versión Internacional, Nueva Traducción Viviente, Biblia Católica Online y la Biblia Hebrea y todas me parecieron extrañas. Extrañas al oído. Como si esas versiones no fueran a las que estaba acostumbrado a escuchar.

No conocía bien al senador suicida, no recuerdo cómo hablaba y no tenía ni el tiempo ni la motivación para buscar un video o algo escrito, que de seguro estaría disponible en la Internet, para comparar y ver si era un hombre conservador o contemporáneo. Pero me supuse que siendo del partido que fue debió ser una persona tradicional, además, a la edad que se mató… Si tenía hábito de ir a la iglesia y conocía la Biblia como aparentaba, debía conocer una versión más tradicional, antigua.

Me fui por lo que más conocía, la versión Reina Valera de 1960 y oprimí en el enlace. Comencé a leer. Era un pasaje muy conocido, al menos yo, que había ido a la iglesia con bastante... regularidad en mi niñez, aunque no me gustaba hablar de eso, lo conocía. El Valle de los Huesos Secos. Pero, no me pareció ni relevante, ni tan siquiera relacionado al asunto del suicidio. ¿Qué tenía que ver una cosa con la otra? Saqué un suspiro, amplié el tamaño de la letra en la pantalla y leí en voz alta:

—Ezequiel 37. Valle de los huesos secos... La mano de Jehová vino sobre mí, y me llevó en el Espíritu de Jehová, y me puso en medio de un valle que estaba lleno de huesos. Y me hizo pasar cerca de ellos por todo en derredor; y he aquí que eran muchísimos sobre la faz del campo, y por cierto secos en gran manera...

De repente escucho una voz, casi de ultratumba, en la penumbra del cuarto, me caló los huesos, dejándomelos casi secos. Me vuelvo, en la puerta del cuarto, quieto, alumbrado espectralmente por la débil luz de la lamparita del escritorio, David Caleb en sus nuevos boxers y camiseta, como en un trance, recitando, palabra por palabra el resto de Ezequiel 37.

Ezequiel 37
Reina-Valera 1960 (RVR1960)

El valle de los huesos secos

37 La mano de Jehová vino sobre mí, y me llevó en el Espíritu de Jehová, y me puso en medio de un valle que estaba lleno de huesos.

2 Y me hizo pasar cerca de ellos por todo en derredor; y he aquí que eran muchísimos sobre la faz del campo, y por cierto secos en gran manera.

3 Y me dijo: Hijo de hombre, ¿vivirán estos huesos? Y dije: Señor Jehová, tú lo sabes.

4 Me dijo entonces: Profetiza sobre estos huesos, y diles: Huesos secos, oíd palabra de Jehová.

5 Así ha dicho Jehová el Señor a estos huesos: He aquí, yo hago entrar espíritu en vosotros, y viviréis.

⁶ Y pondré tendones sobre vosotros, y haré subir sobre vosotros carne, y os cubriré de piel, y pondré en vosotros espíritu, y viviréis; y sabréis que yo soy Jehová.

⁷ Profeticé, pues, como me fue mandado; y hubo un ruido mientras yo profetizaba, y he aquí un temblor; y los huesos se juntaron cada hueso con su hueso.

⁸ Y miré, y he aquí tendones sobre ellos, y la carne subió, y la piel cubrió por encima de ellos; pero no había en ellos espíritu.

⁹ Y me dijo: Profetiza al espíritu, profetiza, hijo de hombre, y di al espíritu: Así ha dicho Jehová el Señor: Espíritu, ven de los cuatro vientos, y sopla sobre estos muertos, y vivirán.

¹⁰ Y profeticé como me había mandado, y entró espíritu en ellos, y vivieron, y estuvieron sobre sus pies; un ejército grande en extremo.

¹¹ Me dijo luego: Hijo de hombre, todos estos huesos son la casa de Israel. He aquí, ellos dicen: Nuestros huesos se secaron, y pereció nuestra esperanza, y somos del todo destruidos.

¹² Por tanto, profetiza, y diles: Así ha dicho Jehová el Señor: He aquí yo abro vuestros sepulcros, pueblo mío, y os haré subir de vuestras sepulturas, y os traeré a la tierra de Israel.

¹³ Y sabréis que yo soy Jehová, cuando abra vuestros sepulcros, y os saque de vuestras sepulturas, pueblo mío.

¹⁴ Y pondré mi Espíritu en vosotros, y viviréis, y os haré reposar sobre vuestra tierra; y sabréis que yo Jehová hablé, y lo hice, dice Jehová.

TERCERA PARTE

I heard all things in the heaven and in the earth. I heard many things in hell. How, then, am I mad? Hearken! and observe how healthily —how calmly I can tell you the whole story.

Edgar Allan Poe
Tell Tell Heart

miércoles 7 de agosto, 9:07 AM
San Juan

Llegué a la Comandancia más tarde de lo anticipado y lo acostumbrado. Me hubiese gustado decir que fue una mañana normal, pero no para mí. Comencemos porque había dormido muy poco. La privación del sueño es cosa mala.

La decepción de descubrir que el maldito misterio no era más que majaderías religiosas de un viejo loco. El tener otro ser humano en la casa, verlo levantarse en calzones, tambalearse hasta el baño con un perro detrás. Verlo después sacar el perro al patio sin ningún pudor, llegar a la cocina, darle una galleta al perro y sentarse con una sonrisa pintada en esa cara de inocencia primordial enmarcada en una maraya rubia. Olvidemos que es un asesino y el perro, único testigo de una balacera mortífera.

A todo esto le sumamos mis pesadillas, ansiedad y paranoia.

No, no había nada normal. Yo, en bóxers y camiseta, preguntarle que quiere desayunar mientras me sirvo café (¿desde cuándo no bebía café en mi propia cocina?), verlo pedir café también, verlo servirse un *bowl* de *Lucky Charms*, tomar el café que le acabo de servir y echárselo encima, embarrar tostadas con *Nutella*, siempre con la misma sonrisa.

Nada normal. Le recordé, con voz autoritaria y paternal,

que el doctor venía a las ocho de la mañana a hablar con él, que recordara que era un gran favor y que cooperara, escucharlo emitir un ajá con la condescendencia y soñolencia típica de un adolescente.

Hay algo que no encaja en todo esto. Es como si estuviese actuando algún papel en una mala película. Tal vez todo está bien y la pieza que no encaja soy yo.

No sé qué habló con el doctor. Los dejé solos para que conversaran y me fui al patio con el perro a tomarse mi segunda taza de café. Era necesaria si quería sobrevivir el día. El perro, después de dar una vuelta por el patio y marcar su territorio, volvió donde mí y se sentó a mirarme.

—Perro... ok, Oreo, ¿qué quieres?

Me dio un ladrido inquisitivo.

—Aquí no te puedes quedar...

Inclinó la cabeza a la izquierda, emitiendo un leve lamento, *¿por qué?*

—Porque en mi vida no hay espacio para perros y adolescentes traumatizados.

Esta vez inclinó la cabeza a la derecha. *Juummmm*

—Mi vida es complicada, soy peligroso, estoy loco, un excéntrico, obsesivo y compulsivo. Me gusta la soledad.

El perro respondió levantando una pata, como pidiendo permiso.

—La pregunta es por qué te recogí, por qué lo dejé entrar. Hubiese sido más fácil mirar para el otro lado... llamar al doctor para que se lo llevara. No sé qué me pasa.

Oreo reaccionó acercándose y metiendo su hocico entre mis piernas, invitándome a acariciarlo. Lo hice por pena...

—Te puedes quedar de visita hasta que David se vaya, eres de él, veremos que se hace.

Respondió brincando y lamiéndome la cara y casi me tumba el café.

—Esta ha sido una mañana de sorpresas —interrumpió el doctor, —primero encuentro al mi paciente milagrosamente curado y ahora lo veo a usted en una faceta jamás pensada.

—Buen día, doctor...

—Tranquilo, yo también hablo con mi perro; quédese donde está, no le tomaré mucho tiempo. Perdone el atrevimiento de meterme en su casa y llegar hasta acá. David se ve muy bien, tan bien que no lo reconozco. No sé cómo explicarlo... Tal vez no quiero explicarlo. No parece que esté reprimiendo nada o en desasociación. Está muy comunicativo, tiene muchas preguntas. Por alguna razón piensa que estar con usted le hace bien...

—Pero, yo...

—Sé lo que me va a decir, hemos tenido nuestras conversaciones y le aseguro que respeté su privacidad y traté de persuadirlo a que regresara al instituto conmigo.

—Creo que es lo mejor para él...

—Mire, Sánchez, le voy a ser honesto... podría obligarlo a hacerlo, a la fuerza si es necesario. Pero, usted y yo sabemos que ese muchachito ha luchado toda su vida, desde que nació contra la maldad, contra lo peor que hay en el ser humano y todavía está aquí y tiene ganas de vivir. Se lo merece. Lo que hizo, lo hizo en defensa propia y como un acto de amor para salvar a sus hermanos. Le podría poner muchas etiquetas, pero acá en nosotros, es un héroe. Yo le hubiese dado una recompensa y un viaje a Disney. No sé cuánto dure esto hasta que caiga en una depresión, tenga pesadillas o cualquier otra sintomatología, ¿unos días más?, ¿una semana?, ¿meses? Creo que le podemos dar ese regalo. Quédese con él, déjele el perro, que parece que está haciendo el milagro. Yo arreglo el papeleo.

—Si usted lo dice, pero... de día a día, si veo que no puedo manejar la situación, por favor...

—Nos mantenemos en comunicación constante. Se lo prometo... Y, Sánchez, hágale caso al perro, es sabio.

miércoles, 8 de agosto, 9:45 AM
San Juan

Tan pronto como llegué me chocaron los recuerdos. Al subir las escaleras y acercarme a mi escritorio se me hizo un buche de coraje. Eché de menos mi laptop, era mía, no de la policía, y pensé en todo el papeleo burocrático y los meses o años que tendría que esperar a que se atendiera mi reclamo. Miré la vieja computadora en el escritorio, el dinosaurio con Windows XP. Me pregunté si sabría usarla. ¿Funcionará? Los cabrones se llevaron mi máquina, pero dejaron el disquito dura externo. Las fotos y los demás reporte de otros casos no se habían perdido. Solamente las fotos del exsenador suicida... y mi *laptop*.

Meléndez, otro agente de la comandancia que trabaja mayormente en Caimito, pasó cerca y me gritó que Rodríguez me andaba buscando. Dejé la mochila sobre la silla y bajé la escalera. Me detuve... algo me hizo que me detuviera... la cara de aquel agente en uniforme... subiendo... recuerdo que me llamó la atención porque no lo reconocía... el uniforme nuevo... pero, sí, sí lo reconocía... ¿de dónde? Ajá... estaba parado en la puerta del cuarto del suicida Gutiérrez.

Sentí como si alguien me tirara un vaso de agua con hielo por la espalda. Se demostraba una conspiración. Alguien, con poder suficiente para causar apagones y tener agentes encubiertos que entraban y salían de edificios gubernamentales a su antojo, no quería que se supiera la verdad de la muerte de un viejo exsenador podrido de cáncer y loco. La verdad es que se suicidó, no dejó nota, excepto un código escrito con su sangre en las paredes de la celda y un viejo teléfono metido en el culo…

Terminé de bajar la escalera con la sensación de que me perdía algo, un detalle significante. A la misma vez, diciéndome que el caso ya estaba cerrado y perdido porque descifrar el código no me daba ninguna nueva pista. Un pasaje de la Biblia que hablaba de huesos secos. ¡Puñeta!

Entré a la oficina del Teniente Rodríguez. Como siempre, tenía una oreja pegada al teléfono y un bolígrafo en la mano. Me saludos con la mirada y con el bolígrafo me dio permiso para sentarme. Me llamó la atención el enorme revolver en la vaqueta de hombro, al estilo Clint Estwoods, si nunca salía de esa oficina. Supongo que lo haría sentir poderoso, una extensión de virilidad, una forma subliminar de exponer el poder de su pene moreno y erecto para que otros machos supieran que él era el que mandaba porque lo tenía más grande… Mi mente sucia… lo que me faltaba, fantasías sexuales con el Teniente.

—Sánchez, ¿cómo se siente? ¿Más tranquilo?

—No, pero gracias por preguntar.

El «no» lo sacó de sitio, el hombre tenía serias dificultades para bregar conmigo, lo sabía, una mezcla de respeto, miedo y de no saber cómo bregar con un loco excéntrico. El hecho de que Marrero no estuviese conmigo lo ponía más nervioso todavía.

—Lamento mucho lo que pasó. Ya hablé con Marrero, se está sintiendo mejor y pronto lo tendremos aquí. Todavía no tenemos una respuesta concreta de cómo lograron entrar, prender fuego y robarse su computadora…

—Muy fácil. Hay un hombre que se hace pasar por policía que estaba siguiéndonos, estaba en Río Piedras en la escena del suicidio del senador con un bigote falso y lo vi subir las escaleras, sin el bigote, con uniforme nuevo sin planchar justo antes del fuego. No trabaja solo, hubo otro que nos siguió hasta Ciencias Forense, tengo una foto de él, fue el que llevó el teléfono que le senador tenía en el culo, los puedo reconocer si los vuelvo a ver...

Noté como, poco a poco, según iba explicando, el cambio en el semblante de Rodríguez.

Un silencio y una tensión incómoda ocuparon la oficina. Rodríguez se levantó y cerró la puerta.

—Sánchez... quince años atrás tuve que investigar el caso de un muchacho, hijo de un político de Ponce, que apareció ahorcado en un palo de mangó en la finca de la familia. Mi instinto me decía que no había sido un suicidio y que la escena había sido alterada para que se pensara eso. Lo hicieron mal y se notaba. Pero la misma familia quería que se quedara ahí. Recibí amenazas, indirectas por supuesto... las cuatro gomas vacías del carro de mi mujer, una amenaza falsa de bomba en el colegio de mi hija mayor, en ese entonces, la única que tenía; el perro... con tres pasitos. Mi mujer me rogó que dejara de hacerme el héroe, que me olvidara de la ética y moral... en este país eso vale un mojón de perro sato...

—Quien sea que hizo esto, es lo suficiente poderoso como para causar apagones y tener espías. El senador se suicidó, de eso no hay duda, pero, algo intentan ocultar. Se llevaron el teléfono que tenía escondido en su cuerpo y total, para nada, el teléfono estaba preparado y no se le podía sacar nada, y se llevaron mi laptop por las fotos de los garabatos en la pared que logré descifrar y...

—¿Cómo que lo lograste descifrar?

—Tenía una copia de una de las fotos en el bolsillo cuando salí de aquí —le dije, mientras sacaba del bolsillo el papel arrugado y sucio—, y lo descifré, pero no se preocupe, era lo que le iba a decir, no lleva a ningún lado, es solo un versículo de la Biblia, algo sobre huesos secos...

—¿Ha descubierto algo más?

—No hay nada más que descubrir, el hombre se suicidó, lo que escribió en la pared parece no significar nada más que las alucinaciones de un viejo loco y el teléfono en el culo podría ser el intento de ocultar algo que se supone no tenga. O tal vez significa algo más y jamás sabremos. El misterio es por qué pasar tanto trabajo en hacer desaparecer evidencia que no lleva a ninguna parte.

—Sánchez, es importante que deje eso ahí y no pierda más tiempo. No me haga como otras veces, que se obsesiona con los casos. Hay trabajo de sobra, casos abiertos. Aquí no hay nada más.

—Pero...

—Pero nada, recuerde la historia que le conté, cuentos de viejo, piense en eso.

—Rodríguez...

—Eso es todo, Sánchez, váyase a trabajar.

Intercambiamos unas miradas silentes por unos segundos. La mía era inquisitiva y la suya me lo dijo todo. Tenía miedo y yo tenía razón, había gente poderosa involucrada en esto. Más complicado de lo que yo podía entender.

Me levanté sin decir nada, pero con respeto, nada de berrinches y retos. Tal vez tenía razón, tal vez era cierto que me obsesionaba con los casos y este no valía la pena. Salí y comencé a subir la maldita escalera... otra vez el frío a mis espaldas. Sentí que alguien me observaba. Me volteé rápido, pero no vi a nadie que no estuviese ocupado en algo. Pero estaba seguro de que alguien me observaba.

La puerta de la oficina del teniente Rodríguez se abrió sigilosamente. El teniente, de espaldas, mirando la pantalla de la computadora, no se volteó a mirar quien era. Tal vez sabía. Tal vez no quería saber más de lo que ya sabía… o sospechaba. Pero las órdenes habían sido claras y él entendía muy bien de órdenes. Quién haya sido el que ordenó el robo de la computadora de Sánchez y el teléfono que el senador suicida escondía en el culo, el fuego en la comandancia y el apagón en Ciencias Forenses, no era el único interesado en este caso. El mismo superintendente de la Policía de Puerto Rico tenía sus espías husmeando como perros babosos. Su memoria se remontó a quince años atrás y al rostro de su mujer asustada rogándole entre lágrimas que no pusiera su familia en peligro y dejara en paz el caso del hijo del alcalde ahorcado, que la ética y la verdad en este país valen lo que vale un mojón de perro sato… Eso lo había aprendido muy bien. Por dejar que el miedo venciera sus principios había sido muy bien recompensado. Aún lo torturaba la visión del cadáver colgante de aquel muchachito de diecisiete años…

—Descifró el código en la pared, tal como le dije que haría. Es solo un versículo de la Biblia, algo que habla de… huesos secos.

—¿Le dijo algo más?

—No.

—¿Está seguro? Mire que…

—No sabe nada más. Entiende que Gutiérrez se suicidó, que los garabatos en la pared son solos alucinaciones de un loco y que el teléfono que ocultaba en el culo era algo normal porque es prohibido que los presos tengan celulares. No hay nada más, excepto el misterio de porqué pasar tanto trabajo para ocultar algo cuando no parece necesario.

—¿No dijo nada sobre la identidad de los que los atacaron?

—…No —esperando que no se notara la ambivalencia en su voz, —el hombre está medio loco, padece de síndrome de estrés postraumático y se desmayó cuando se fue la luz, tiene problemas con la oscuridad…

Sintió la puerta abrir y cerrar. Entonces se atrevió a volverse y mirar. No había nadie. Mejor. Mejor no saber más de la cuenta. Volvió su mirada a la pantalla de la computadora. Se sorprendió al darse cuenta que mientras hablaba con su misterioso visitante había dejado unas teclas presionadas.

17777777777777777777777777777777777777777777
7777777777777777777777777777

Observé como el hombre de traje y gafas negras salía de la oficina de Rodríguez. Cuando había presentido que alguien me observaba, confié en mi sexto sentido y me escondí en una oficina que queda en el mismo pasillo y usando el reflejo en el cristal de la ventanita en la puerta, observé todo. Paga ser paranoico y tener experiencia en espiar a tu jefe y otros compañeros de trabajo. Este, a diferencia de los otros dos, no intentaba ocultarse. Caminaba con un aire de superioridad, de falsa autoridad, como un engreído que se cree que está en una película de Bruce Willis.

Decidí seguirlo, quería saber de dónde lo habían enviado. Él cogió el ascensor y yo, las escaleras. Cuando llegué al nivel del estacionamiento, ya iba caminando por uno de los carriles en dirección a su carro. Busqué a Luisito, el encargado de las patrullas y carros de la comandancia y no estaba. Llegué hasta la caja en la que guardaban las llaves y cogí las del carro que siempre nos daban a Marrero y a mí. Las reconozco por el llavero de *Disney* que Marrero le puso para que Luis las encontrara rápido. Me fui antes que Luis llegara. Era más fácil pedir perdón que dar explicaciones ahora.

Llegué al carro y me monté, justo cuando pasaba detrás el actor de películas de acción al que pretendía seguir.

Sabía que no me había visto, la carcacha en que me monté estaba en la parte de adentro de la curva, fuera del campo de visión. El carro todavía olía a perro y sangre.

Saqué el carro en reversa y le seguí dejando entre los dos autos suficiente espacio para no llamar la atención, no sin antes memorizar la tablilla y la marca de carro. Una guagua todoterreno negra, cristales oscuros y una tablilla de gobierno.

Podía pretender que el caso estaba cerrado, me podía perturbar el *fucking* código con un verso bíblico, me podía dar asco y morbo el celular en el culo de un viejo canceroso, pero este caso se ponía más y más interesante cada día.

García entró a la cafetería hablando por teléfono móvil. Cuando se acercó la escuché decir algo sobre cambiar una cita, se despidió y enganchó. Noté que le tomo unos segundos de ausencia y darse cuenta dónde estaba y porqué. Me saludó con un beso en la mejilla, algo a lo que me estoy acostumbrando aunque confieso que me trinco todo.

El mozo se acercó con el paño de limpiar mesas entre las manos y Maribel pidió un café y unas tostadas. Ya tenía mis acostumbradas croquetas de jamón con café.

—Entendí por lo que me dijiste en la llamada que sigues pensando en el caso del senador, después de todo lo que ha pasado…

—Y lo que sigue pasando. Primero, la persona que llamó con la amenaza de bomba y prendió fuego en el baño de la Comandancia estaba también en la escena del crimen, pero con un bigote falso y uniforme de Corrección. Estaba junto a la puerta. En la Comandancia lo vi subir la escalera, pero sin bigotes y con un uniforme nuevo, con las marcas como si lo acabaran de sacar del plástico y no tenía placa. Estoy seguro que era la misma persona. Igual que la persona que estaba en el lobby de Ciencias Forenses el día de la autopsia era el mismo que se montó en el ascensor y se llevó el teléfono después de golpear a Marrero.

—Sánchez…

—Lo que significa que hubo dos personas o tal vez más, no olvidemos el apagón…

—Manuel…

—Pero escucha esto. Hoy me llama Rodríguez a la oficina, bien misterioso, comienza a hablarme de otros casos, que hay que volver a la rutina. Le cuento de mis sospechas, hace un silencio, me cuenta una historia media boba de los peligros de seguir investigando casos que ya están «resueltos» y unas cuantas preguntas, como quien no quiere la cosa, para sacarme información. Salí de la oficina, me escondí, y santo y bueno, aparece este personaje sacado de películas de guerra fría, con gafas puestas y todo, y se mete en su oficina, sale como a los 3 minutos más tarde mirando a todos lados y abotonándose la chaqueta.

—Manuel, aun así, no tenemos nada de evidencia para investigar más, no hay nada que se pueda hacer.

—Eso no es todo, Maribel, lo seguí, ¿sabes para dónde cogió? Para el edificio de La Policía. Lo vi entrar. Tenía una guagua negra, todo terreno, con cristales oscuros…

—¿Qué? Espera, ¿cómo era el tipo? ¿El que seguiste?

—de mi estatura, más ancho de espaldas… pelo negro, lacio, peinado hacia el lado derecho con brillantina, bien afeitado, con una cicatriz de varicela cerca del ojo izquierdo, nariz curva…

—¡Ay Dios mío! Ese fue el mismo tipo que me recogió a mí en Ciencias Forenses y me llevó donde el mismo Superintendente por un ascensor privado.

—No me habías contado eso.

—No habíamos hablado desde entonces…

—Entonces…

—Entonces, nada, me hizo dos preguntas y me ordeno que me marchara. Su reacción fue como si no supiera nada de lo que estaba pasando. Yo casi me muero del susto.

—Aquí pasa algo.

—Obvio, Manuel, pero qué podemos hacer, es claro que no quieren que se investigue el caso y el hombre sí se suicidó y no tenemos evidencia de nada más. Además...

—Sí, tenemos evidencia.

—¿De qué hablas, Manuel? Se llevaron las fotos, el teléfono, aún con eso...

—Descifré el código en la pared...

—¿Qué tú qué?

—Descifré los garabatos que el viejo escribió con sangre...

—¿Cuándo me ibas a contar eso?

—No habíamos hablado desde entonces...

—Pudiste haber comenzado por ahí... ¿qué decía?

—Un verso bíblico...

—¿Un verso bíblico?

—Sí, Ezequiel 37, la visión de los huesos secos.

—No tengo ni puta idea de qué me estás hablando.

—La Biblia, profeta Ezequiel, huesos secos...

—No sé nada de Biblia, mis padres nunca me llevaron a ninguna iglesia...

—Eres una especie en peligro de extinción, una puertorriqueña que no ha sido traumatizada por la religión.

—Manuel, no jodas, explícame.

—No hay mucho que explicar. Los garabatos en la pared y el piso eran una secuencia de símbolos, letras griegas para ser específico. Solamente menciona el capítulo 37 del libro de Ezequiel. Ezequiel era un profeta y Jehová lo lleva a un valle que está lleno de huesos secos y le dice que le profetice y los huesos renacerán.

—¿Y qué carajos tiene que ver todo eso con el caso?

—No sé... nada, qué sé yo. Tal vez el viejo estaba delirando... Aunque... con todo lo que pasó hoy, bueno, lo que han pasado estos días, algo me dice que el viejo no estaba tan loco nada y estaba tratando de decir algo.

—Tal vez el código es de doble capa…

—¿Qué?

—Un código dentro de otro código, tal vez en esa historia hay un mensaje, no sé.

—No creo que el viejo haya tenido inteligencia suficiente o tiempo.

—Entonces es otro callejón sin salida.

—No necesariamente. Comencemos desde el principio, con lo que sabemos. Primero, un exsenador poderoso que cayó en desgracia y preso se suicida en su cuartito de una institución de mínima seguridad. Nadie escucha nada, excepto sus rezos esa noche.

—El cuarto está vacío, nada de ropa, solamente los zapatos frente a la cama, el cuerpo acostado en posición de meditación y… el código en la pared escrito con su sangre.

—El código en la pared son letras griegas en secuencia que revelan un capítulo del libro de Ezequiel de la Biblia.

—Se tomó el trabajo de desangrarse para escribirlo en todas las paredes y el piso. Debe de significar algo importante. Es como… como si ese fuera el propósito de su muerte.

—¿Para qué se escribe un mensaje en código?

—Si uno quiere que solamente una persona que sabe el código por acuerdo se entere del mensaje, o alguien pase el trabajo de descifrarlo, alguien que lo pueda entender o entender su importancia. Como un reto.

—¿Qué cosas se escriben en código?

—Secretos…

—¿Qué más?

—Direcciones… a… un tesoro? No sé…

—Para ahí, Maribel… Direcciones a un secreto…

—Sí, pero no dejó ninguna dirección, ni ningún secreto, solo un pasaje de la Biblia…

—Ezequiel 37, eso es como una dirección, donde encontrar algo… en Ezequiel 37.

—Pero, Manuel, tú leíste Ezequiel 37, no hay ningún secreto…

—Tal vez no está «en» Ezequiel 37, pero «en un» Ezequiel 37…

—Me perdí…

—Qué tal si no es en la historia de Ezequiel 37, sino en la página donde está Ezequiel 37.

—¿Cómo en una Biblia… real…? ¡Coño! ¿Tú estás sugiriendo…?

—Había una Biblia en el cuarto, él único otro artículo aparte de los zapatos…

—Y nosotros no le prestamos ninguna atención.

Nos levantamos como locos, casi tumbamos las sillas, tiramos cada uno cinco dólares en la mesa y salimos corriendo.

miércoles, 8 de agosto, 1:23 PM
Río Piedras

Tomamos el tren hasta Río Piedras desde Centro Médico. No nos atrevimos a usar los carros. Sospechamos que nos vigilan.

Desde la estación, tomamos la ruta más larga por el Paseo de Diego hasta llegar a la Calle Robles. El oficial en la entrada se sorprendió al vernos llegar a pie y sudados. Nos reconoció y saludo con la cabeza, saqué la placa de todos modos. Entramos y nos topamos con la sala grande donde está el televisor, había solamente dos personas, dos confinados. El oficial de custodia, sin uniforme, pero identificación y placa, se nos acercó rápido y le mostré la placa que no había guardado.

Maribel también sacó su identificación que el oficial miró con cuidado y después al maletín de recolección de evidencia.

—Necesitamos subir a la habitación...

—Tengo entendido que ese caso está cerrado, además esa habitación ya se limpió, no queda nada...

—Está en lo cierto, el caso está cerrado y resuelto, pero estamos llenando los informes y esos informes deben de ir acompañados de fotos de la escena... es que se perdieron los originales, pero no importa si limpiaron, es solamente fotografiar y medir… cinco minutos.

—Bueno, está bien, adelante, no hay nadie arriba, están en sus horas comunitarias.

Subimos la estrecha escalera. Ahora, sin la muchedumbre de hace unos día, todas las puertas parecían iguales y se me hizo difícil decidir en el cuarto correcto. Maribel me tocó el hombro y me indicó la tercera puerta. Nos paramos frente a ella, nos pusimos guantes. Maribel preparó la cámara.

Entramos.

El cuarto había sido limpiado y pintado. Todavía olía a pintura fresca. Era indudablemente el mismo cuarto. Camas en la misma posición, los gaveteros, las mesitas, el closet abierto… Maribel tiró varias fotos, cruzamos el umbral y en unos pasos estábamos frente a la mesita de la derecha junto a una cama. La Biblia no estaba sobre la mesa. Nos miramos. Tal vez la botaron o se la llevaron, estoy seguro que ambos, pensamos a la vez.

Abrí la primera gaveta y no había nada, cerré; abrí la segunda, nada; abrí la tercera… y ahí estaba la Biblia, carpeta negra dura con letras en plateado: SANTA BIBLIA, Versión Reina-Valera 1960. Nos miramos. Estábamos a punto de descubrir cuál era el secreto que Juan Pablo Gutiérrez había protegido tanto. Abrí la Biblia, use lo poco que no había olvidado selectivamente de mis años de asistencia obligatoria a la iglesia y busqué en el Viejo Testamento, después de Salmos, el libro más extenso de esa primera parte de la Biblia occidental. Encontré a Ezequiel… busqué el capítulo 37… me temblaban las manos, podía sentir la tensión de Maribel a mi lado que había puesto el maletín abierto sobre la cama y ya tenía instrumentos en la mano para preservar cualquier evidencia…

Nada, la página estaba en blanco. Capítulo 37 del Libro del Profeta Ezequiel no tenía nada. Me doy cuenta que tampoco teníamos claros qué buscábamos y que íbamos a encontrar. ¿Un papel pillado? ¿La página escrita sobre el texto? ¿Otro código?

Maribel nota la frustración en mi rostro, escucha el suspiro de desilusión y toma la Biblia.

—Tal vez no es tan obvio como crees. Déjame ver.

Pasó los dedos sobre el papel fino, notó que parecía estar arrugado en algunas áreas, como cuando se pone un vaso húmedo sobre una servilleta y luego se seca, pero muy leve, casi imperceptible. Levantó la hoja y efectivamente, invisible, pero tenía algún tipo de marca.

—Hay algún tipo de marca en el papel, invisible al ojo… podría ser tinta invisible o simplemente manchas de agua, pero la densidad de página no es la misma, definitivamente. ¿Qué podría haber usado para marcar la página…? Asumiendo que él marcó las páginas. Puede ser simple humedad.

—Vi en una película que se puede hacer tinta invisible con jugo de limón… creo que fue en unos muñequitos.

—Cualquier jugo ácido sirve. Otras sustancias pueden ser utilizadas, por ejemplo, orines.

—Uhhhh… Guácatela.

Maribel sacó una lámpara extraña y la encendió.

—Si es algún ácido como jugo o vinagre la podremos ver con calor. Primero quiero descartar cualquier sustancia biológica.

Alumbró la página con la luz ultravioleta, nada.

—No es sangre, ni semen, ni lágrimas, ni saliva. ¿Tienes un encendedor?

—No fumo.

—Yo tampoco.

Escuchamos pasos subiendo la escalera. Nos miramos. Cerré la Biblia, Maribel abrió el maletín, guardó la lámpara, pusimos la Biblia sobre los instrumentos y cerramos. Nos íbamos a robar la evidencia de un caso cerrado.

Cuando el guardia llegó al piso con cara de desconfianza, nos encontró cerrando la puerta.

—Ya terminamos, oficial. Gracias por su cooperación.

Bajamos las escaleras con prisa, pero disimulando. Una vez fuera del edificio, casi corrimos. Me mantuve observando si alguien nos seguía. Volvimos a la estación del tren que llegó rápido que nos paramos en la plataforma. Regresamos a Centro Médico en silencio, sospechosos de todo el mundo alrededor, como si lleváramos una bomba en el maletín.

De la estación de Centro Médico casi corrimos al edificio del Instituto de Ciencias Forenses. Antes de entrar con Maribel por la entrada de empleados, miré a todos lados. Nadie nos seguía. Una vez adentro, tuve un *deja vú*. Me remonté a la primera vez, hace casi dos años, que entré por estas puertas hasta el laboratorio y, aunque descifré el misterio de quién o quiénes mataron al Rev. Martínez Aguilú, casi le hago daño a Maribel y a mí mismo.

Esta vez Maribel me dejó esperando en la primera puerta hermética que da al laboratorio con el maletín y corrió al área de las duchas y los casilleros. La oí correr por el pasillo, abrir una puerta, abrir su casillero y regresar corriendo. Traía un secador de pelo.

—Lo vamos a necesitar.

Nos lavamos las manos. Nos pusimos guantes y batas esterilizadas. Maribel ponchó su código en el panel de mando y la primera puerta hermética abrió, entramos, se cerró la primera y abrió la segunda. Una vez me golpeó el frío, otra ola de recuerdos me turbo los sentidos.

—Manuel, no te vayas a volver loco aquí de nuevo.

—Jajajaja. Muy graciosa. ¿Para qué es el *blower*?

—Si las marcas en la hoja de papel están hechas con alguna sustancia ácida…

—Como jugos o vinagre…

—Correcto, solo se activan con calor.

—¿Con calor? ¿Pero el fuego podría quemar la página?

—No vamos a usar fuego, vamos a usar esto, —mostrándome el secador de pelo— para eso lo busqué en mi *locker*.

La observé organizar el trabajo. Sacó pinzas, navaja de papel, una bandeja, preparó la cámara, le puso un filtro al secador, extendió la lupa, apago las luces. Todo con precisión. Finalmente tomó la Biblia y la puso en la bandeja. La alumbró con la lámpara de luz ultravioleta, tomó muestras de algunas manchas. Empolvó y tomó copia de varias huellas digitales. Tomó una fotografía. Finalmente la abrió, busco la página y volvió a observar bajo la lupa usando las pinzas.

—Definitivamente, a esta página se le aplicó algún tipo de sustancia.

Fotografió la página. Tomo las pinzas y la navaja.

—Sabes que tengo que cortar la página, ¿verdad?

—Tú eres la experta.

—Gracias. —Me contestó a la vez que hacía un corte suave, pero preciso y rápido que separó la página del resto de la Biblia.

—Toma una bolsa de esa caja y echa la Biblia. Con el marcador, ponle la fecha e identifícala.

Enchufó el soplador y procedió a echarle aire caliente a la página. Yo puse la Biblia en la bolsa como me lo pidió y garabateé algo que podría ser la fecha y la descripción y corrí a su lado.

Al principio no pasó nada. El aire del soplador fue calentándose más y más, lo sentíamos en nuestros rostros. Entonces, como por arte de magia, se comenzaron a notar unas manchas amarillentas en la hoja. Se fueron oscureciendo como si se quemaran…

—Manuel, esto es una dirección.

Tan pronto Maribel apagó el soplador de aire, puso, con mucho cuidado, la hoja de papel bíblico con el mensaje sobre el digitalizador y procesó la imagen. Usando un espectógrafo, aisló las marcas ahora visibles sobre el papel.

No había duda, era una dirección. Maribel envió una copia a la impresora, guardó el equipo y luego la evidencia bajo llave. Agarramos la copia de la impresora y nos fuimos desprendiendo de las batas y guantes según salíamos a toda prisa.

miércoles, 8 de agosto, 2:02 PM
San Juan

—Pensé que ibas a dejar este caso tranquilo… —Marrero sentenció, después de beberse un buche de Coca Cola con mucho hielo, sentado en la escalera que va de la cocina al patio de su casa adonde nos habíamos retirado a hablar.

—Marrero, ya sabes como soy, no estoy tratando de buscar problemas es que…

—Sí, ya sé cómo eres. Hazle caso al Teniente Rodríguez.

—Sí, pensé…

Maribel y yo nos miramos, decidimos no decirle nada sobre lo que encontramos en la Biblia.

Se hizo un silencio entre los tres.

La esposa de Marrero apareció detrás de él con tazas de café para mí y Maribel. Nos conocía bien. Aproveché para preguntarle cómo se estaba portando David Caleb.

—Manuel, ese muchacho es un ángel. Eso sí, hace mil preguntas, jejejeje

Nos dejó solos una vez más.

—Parecería que nunca vio una película o juegos de video.

—Nunca los había visto.

Nos bebimos el café en silencio. Había cierta tensión en el aire.

—¿Marrero, tú estás bien? —Se atrevió a preguntar Maribel.

Marrero bajó la cabeza, como si inspeccionara el vaso de Coca-Cola.

—¿Quieres que te diga la verdad? —Respondió, sin levantar la cabeza.— No, no estoy bien. Desde antier se me ha metido un miedo que no comprendo… Bueno, tal vez si lo comprendo. Yo sé que ustedes piensan que yo no soy muy inteligente…

—Marrero, eso no es cierto…

—Da igual, Manuel… Hay muchas cosas que no necesariamente entiendo, hay otras que sí. Yo entiendo la maldad, esa maldad callejera, esa maldad loca que se le mete a la gente consecuencia de la indigencia, el maltrato, la ignorancia, el hambre… viste, esa violencia la entiendo. Esta, no… Antier, pudieron habernos matado a todos, sin darnos cuenta… ¿Quiénes? ¿Y para qué? ¿Cómo procesar la idea de que alguien del mismo gobierno nos quiera hacer daño? Puñeta, yo soy policía, me tiro a la calle todos los días sin saber que voy a regresar y el solo pensar que algún cabrón hijo de la gran puta está sentado en un escritorio creyéndose un dios y mandando a robar evidencia y a matar policías para ocultar ¿qué?…

Maribel y yo nos miramos. No sé ella, pero yo me obsesiono tanto en los detalles que esta parte de la vida se me escapa a veces. Lo que decía Marrero era cierto. Era su verdad, pero no dejaba de ser una verdad tangible. Pero para mí eran otros veinte pesos. Me preocupaba más saber qué carajos había en un punto del pueblo de Cabo Rojo, casi llegando a una playa en una carretera que no tenía acceso ni conexión con nada más.

—Sabes que si necesitas hablar, me puedes llamar cuando quieras. —Le ofreció García.

—Lo sé, gracias, chiquita.

Envidié sorprendido la intimidad emocional de estos dos seres. No sabía que se conocieran tanto.

—¿Cuándo vuelves a trabajar? —Pregunté, por decir algo y no quedarme fuera de la conversación, no supe qué más decir.

—No sé, cuando me den de alta o no aguante más estar metido en esta casa con María tratándome como un nene chiquito.

—¡Te escuché! —gritó María desde la cocina. Marrero sonrió. Se notaba que había amor.

Todo me pareció tan extraño, tan ajeno.

Pasé por el lado de Marrero y entré a la casa, llegué a la sala y le dije a David Caleb que lo recogía más tarde, por unos segundos dejó de mirar el televisor y me sonrió.

miércoles, 8 de agosto, 4:21 PM
Oficina del Presidente del
Senado de Puerto Rico

—Recibí tu mensaje de que querías verme.

—Sí señor… tengo información que puede interesarle.

—Espero que valga la pena, estoy ocupado y esperando una visita importante.

Aurelio terminó de servirse el *whiskey* y procedió a sentarse. Oyola esperó a que diera el primer sorbo y enfocara su atención en él, para hablarle.

—Sospecho que el agente Sánchez sabe algo…

—¿Sospechas? ¿Y a qué se deben esas sospechas?

—Lo he estado observando…

—¿Observando? Te ordené terminar con ese asunto hace dos días.

—Tenía curiosidad, un presentimiento…

—Muy bien, Oyola, explíquese, pero rápido.

—Sospecho que sabe algo porque se reunió con la mujer, la técnica forense, García, y salieron a toda prisa, se montaron en el tren hasta Río Piedras y volvieron a la unidad de mínima seguridad donde estaba Gutiérrez.

—Pudieron haber olvidado algo.

—No creo, además, parece que sospechan o saben que fueron… o son seguidos…

—Después de lo que les pasó, no es para menos. Mira, Oyola, agradezco tu iniciativa, lo tomaré en consideración, pero esto ya se acabó, hoy enterraron a Gutiérrez, con el queda enterrado un pasado y una información que nunca debe salir…

—Hay más…

—¿Cómo?

—Hay otro detalle que usted debe saber… Nosotros no somos los únicos con interés en este caso. Alguien más está interesado, pidiendo información, vigilando. Hoy vi entrar y salir a uno de los guardaespaldas del superintendente de la oficina del teniente Rodríguez, justo después que este se reuniera con Sánchez… sin que se diera cuenta, Sánchez lo siguió… Le digo, aquí todavía está pasando algo…

—¿Qué podrían saber? ¿Estás seguro que ustedes recogieron toda la evidencia?

—La laptop de Sánchez tenía todas las fotos, no había rastro de que se hubiesen copiado a una memoria externa o enviado por *email*, la cámara estaba vacía, el celular recuperado en Ciencias Forenses no tenía absolutamente nada… Si tienen algo, tiene que ser algo desconocido para nosotros.

—Regresa a Río Piedras, verifica ese cuarto otra vez, pregunta, mantenlos vigilados… Tienes razón, algo saben… quiero saber qué es. Me mantienes informado.

miércoles, 8 de agosto, 11:46 PM
San Juan

Cabo Rojo. Miré el mapa de carreteras en la pantalla de la computadora. Según las direcciones escritas en la Biblia era en algún punto de este espacio en blanco en el mapa.

Ezequiel 37
Reina-Valera 1960 (RVR1960)

El valle de los huesos secos

37 La mano de Jehová vino sobre mí, y me llevó en el Espíritu de Jehová, y me puso en medio de un valle que estaba lleno de huesos.

[2] Y me hizo pasar cerca de ellos por todo en derredor; y he aquí que eran muchísimos sobre la faz del campo, y por cierto secos en gran manera.

[3] Y me dijo: Hijo de hombre, ¿vivirán estos huesos? Y dije: Señor Jehová, tú lo sabes.

[4] Me dijo entonces: Profetiza sobre estos huesos, y diles: Huesos secos, oíd palabra de Jehová.

[5] Así ha dicho Jehová el Señor a estos huesos: He aquí, yo hago entrar espíritu en vosotros, y viviréis.

[6] Y pondré tendones sobre vosotros, y haré subir sobre vosotros carne, y os cubriré de piel, y pondré en vosotros espíritu, y viviréis; y sabréis que yo soy Jehová.

[7] Profeticé, pues, como me fue mandado; y hubo un ruido mientras yo profetizaba, y he aquí un temblor; y los huesos se juntaron cada hueso con su hueso.

[8] Y miré, y he aquí tendones sobre ellos, y la carne subió, y la piel cubrió por encima de ellos; pero no había en ellos espíritu.

[9] Y me dijo: Profetiza al espíritu, profetiza, hijo de hombre, y di al espíritu: Así ha dicho Jehová el Señor: Espíritu, ven de los cuatro vientos, y sopla sobre estos muertos, y vivirán.

[10] Y profeticé como me había mandado, y entró espíritu en ellos, y vivieron, y estuvieron sobre sus pies; un ejército grande en extremo.

[11] Me dijo luego: Hijo de hombre, todos estos huesos son la casa de Israel. He aquí, ellos dicen: Nuestros huesos se secaron, y pereció nuestra esperanza, y somos del todo destruidos.

[12] Por tanto, profetiza, y diles: Así ha dicho Jehová el Señor: He aquí yo abro vuestros sepulcros, pueblo mío; y os haré subir de vuestras sepulturas, y os traeré a la tierra de Israel.

[13] Y sabréis que yo soy Jehová, cuando abra vuestros sepulcros, y os saque de vuestras sepulturas, pueblo mío.

[14] Y pondré mi Espíritu en vosotros, y viviréis, y os haré reposar sobre vuestra tierra; y sabréis que yo Jehová hablé, y lo hice, dice Jehová.

Las direcciones eran simples, carretera estatal 303 kilómetro 11.2, doblar a la izquierda en la carretera 302 y
buscar un árbol, debajo del árbol, una x. Crudo, parecido
a los garabatos de la pared. Sin duda hecho con prisa y
sin experiencia. Maribel piensa que se hizo con la punta
seca de algún bolígrafo mojada en jugo de limón o vinagre.
Simple, muy simple. A la misma vez, esto fue bien planifi-
cado.

Así, de repente, me doy cuenta que Maribel y yo somos
los únicos que sabemos esto.

¿Qué puede estar enterrado debajo de ese árbol? ¿Evidencia de qué? ¿Tal vez dinero? Tal vez el mensaje era para
algún familiar y nosotros llegamos primero. Tal vez quién
está detrás de toda esta conspiración es algún familiar que
quiere saber dónde están enterradas joyas y dinero.

Mi decisión de ir y ver estuvo tomada desde el mismo
momento en que Maribel dijo: «esto es una dirección». No
hay marcha atrás. Le dije a David Caleb que viajaría temprano en la mañana, que decidiera si se quedaba en la casa
con el perro o se iba a casa de Marrero. Decidió quedarse
con el perro en la casa. Le dije que sería la ida por la vuelta.
A Rodríguez en la Comandancia le dije que iba a entre-
vistar un testigo de un caso activo que se había mudado
a Ponce. Me miró con sospecha, pero creo que se quedó
tranquilo pensando que ya estaba con la mente ocupada
en otras cosas. Le conté a Maribel, se quedó preocupada,
le dije que sería la primera que sabría algo. A Marrero no
le dije nada.

Imprimí el mapa, busqué un viejo pote de mayonesa que
tenía monedas tan antiguas como los años ochenta y lo dejé
en la mesa para los peajes. Hacía tiempo que no salía de
San Juan. Pasé por el cuarto, David Caleb dormía con el
abanico casi pegado a la cabeza. El perro, a sus pies, se des-
enrolló y levantó la cabeza a mirarme. Me di un buen baño

frío y me acosté temprano... bueno, temprano para mí, a pensar mayormente, a tratar de dormir para no dormirme en la carretera. Hacía días que no dormía bien, bueno, bien según mi definición y había que intentarlo, acostumbrarse a esta nueva realidad. Hacía ya mucho tiempo que no dormía con alguien en la misma cama y ahora la compartía con David y el perro. Al menos era una cama grande, matrimonial. Mientras el chico estuviese aquí, nada de porno ni masturbaciones en cadena para quedar dormido de puro agotamiento. Había que intentarlo.

CUARTA PARTE

«Fools», said I, «You do not know
Silence like a cancer grows
Hear my words that I might teach you
Take my arms that I might reach you»
But my words, like silent raindrops fell
And echoed
In the wells of silence

And the people bowed and prayed
To the neon god they made
And the sign flashed out its warning
In the words that it was forming
And the sign said, «The words of the
prophets are written on the subway walls
And tenement halls»
And whispered in the sounds of silence

-Simon & Garfunkel

Cabo Rojo es lejos, así que salí temprano. Me siento como un turista observando desde la privacidad del carro de Maritza este drama que se llama «tapón mañanero». Pero voy en sentido contrario, pasándoles por el lado mientras ellos, pulgada a pulgada, se adentran en este desparrame urbano llamado «zona metro». Había dormido algo, poco, pero mucho más de las otras noches. Tal vez sea posible romper ese vicio de la masturbación nocturna. Como a las 3:00 A.M., me despertó el perro que salió del cuarto y cojeando llegó hasta la sala y le ladró a la ventana, para volver al cuarto, brincar a la cama y dormirse a sus pies.

Mi contemplación terminó al llegar al peaje y darme cuenta que el pote de monedas de nada me servía. Ahora los peajes se pagan electrónicamente. Carajo, ¿por qué no sabía estas cosas? Tuve que meterme por un carril y comprar una tarjeta. La chica, aunque amable, me miró con impaciencia mientras contaba las monedas para pagarle y «cargar» la maldita tarjeta que debía pegar al cristal.

Decidí irme por el sur: San Juan a Caguas, Caguas a Ponce, Ponce a Guánica. En Guánica, por donde entraron los gringos sin invitación, tendría que dejar la autopista y buscar este camino solitario y ver qué encontraba.

¿Valía la pena hacer este viaje? El hombre se había suicidado mordiéndose las muñecas, tenía cáncer, deja mensajes con su propia sangre sobre un pasaje de la Biblia y una dirección escrita con tinta invisible... estaba bueno para un cuento, pero...

¿Qué podría encontrar? Buena pregunta. Me tiene despierto desde la madrugada. Posibilidades que he contemplado: una caja de galletas Rovira llena de dinero, en cuyo caso tendría que preguntarme qué hacer con él; los números de una cuenta en un banco suizo; documentos que evidencia cuánto dinero sucio aceptó cuando era presidente del senado; una lata redonda de galletas llena de fotos de nenas en pantis; un diario contando los secretos de otros políticos, que se podría publicar anónimamente y retirarme; o el cadáver de algún enemigo...

En serio, demostró que era importante dejar esta dirección y aunque no era *El Código DaVinci* ni yo soy Robert Langton, no hay duda que le tomó tiempo y trabajo planificarlo y ejecutarlo. Tenía la necesidad de decir algo, algo que no podía decir en vida. ¿Por qué?

Paré en Coamo a tomarme un café y estirar las piernas. El aire se siente caliente acá en el sur, huele a hierba, a tierra seca, a mar...

jueves, 9 de agosto, 7:46 AM
Juana Díaz

Oyola abrió la aplicación en la Tablet y en unos segundos vio dónde exactamente se encontraba el carro de Sánchez. Había sido necesario usar otros medios. El agente sabía que lo habían seguido y Oyola no tenía dudas de que lo reconocería como el hombre que se cruzó con él en la escalera el día del fuego en la comandancia y el robo de la computadora. Lo había visto en su mirada.

El implante de un rastreador en el carro, cerca de la tablilla, del tamaño de un imán, le había resuelto el dilema. Tomó 30 segundos ponerlo en el carro a las tres de la mañana sin tener que acercarse mucho, romper candados ni abrir puertas. Solamente el perro ladró cerca de la ventana. Además del puntito rojo en el mapa, la aplicación enviaba un mensaje cada 10 minutos con la localización exacta, por si acaso. Hasta ahora lo había utilizado para rastrear esposos infieles y políticos corruptos.

Ahora se encontraba en Coamo. Oyola decidió esperar en el peaje de Juana Díaz. Ayer, después de hablar con Aurelio de Gracias y convencerlo de que algo pasaba, visitó el centro, se hizo pasar por agente del FBI, entró al cuarto con el agente penal a cargo de la vigilancia. Confirmó la visita de Sánchez y García. Efectivamente, sí buscaban algo, faltaba una Biblia que el agente estaba seguro estaba allí porque hay una en cada cuarto y él la vio después de la limpieza. ¿Una Biblia?

Le enfurecía el desconocimiento, el hecho de que esta mierda de detective mal pagado y loco le llevara unos pasos adelante. Tampoco ayuda que de Gracias lo tuviera en las sombras, sin decirle exactamente qué está pasando. Tantos secretos... Él también sabe muchos.

Está seguro que este viaje a las ventas del carajo tiene que ver con la muerte de Gutiérrez. No hay duda. Sánchez abandona todo, miente al teniente Rodríguez, deja al muchachito asesino solo en la casa, saca el carro de su exmujer y se tira de madrugada fuera de San Juan. Con todo lo que sabe de él, esto le indica que hay una razón muy poderosa. Este hombre debe de saber dónde hay «algo», no necesariamente sabe qué es. Y... si él lo descubriese primero... Tal vez de Gracia pagaría muy bien.

Ese era el objetivo. Ya estaba cansado de ser el mensajero, el rompehuesos, el perro faldero, el abrepuertas, el buscaputas, el alcahuete. Tal vez... tal vez... Información, evidencia que él pueda usar para chantajear al viejo bellaco y cabrón y largarse de una vez y por todas de esta maldita isla.

jueves, 9 de agosto, 9:15 AM
Cabo Rojo

Dejé la PR2 y ya hacía media hora que había pasado el pueblo de Guánica. Tome la PR303 por Lajas. A la izquierda se levantaban los cerros de Sierra Bermeja, todo lo demás es llanos y cerros. El verde oscuro y el marrón de las rocas se mezclan para romper la monotonía. Por ratos aparecen grupos de casas, pero la carretera es bastante solitaria.

No tengo GPS y aunque el móvil me podría haber ayudado con un *googlemap,* pero estaba manejando, así que me dejé llevar por los mojones a la orilla del camino que marcaban los kilómetros. Me pareció curioso vivir en un país en que marca la distancia en kilómetros, pero la velocidad en millas. Otra incongruencia nacional. Algunos no estaban; otros, cubiertos por la maleza. Poco a poco me fui acercando al kilómetro 11. Pasé el vertedero de Lajas y crucé el linde entre municipios. Ahora en Cabo Rojo, pero no parecía porque la imagen que uno tiene de este pueblo es playa, sol y mujeres en bikinis.

Pasé una curva, una carretera bordeada de un cercadillo de vacas, pero no vi ningún letrero. Dos minutos más adelante, iba lento, me encontré con la mitad del mojón que marcaba el kilómetro 12. Me detuve a la orilla de la carretera sobre una de las colinitas. Miré al horizonte, podía ver que el resto de la carretera serpenteaba entre las colinas secas. No vi ni un solo carro, ni otra carretera. Decidí regresar.

Me detuve al llegar a aquella carretera sin rotulo que había pasado unos minutos antes. No había visto ninguna antes y por lo que ya había observado, parecía que no había nada más por kilómetros y kilómetros. Tenía que ser aquella. Era, realmente, un camino, cabía un solo carro a la vez. Bordeada de cercadillo, muy antiguo, de cercos de cemento que una vez fueron blancos y serpentina ya mohosa por el paso del tiempo y el clima. Decidí arriesgarme, si no encontraba nada, qué perdía...

El viejo asfalto estaba en buenas condiciones Se escuchaba seco, crujiendo bajo las llantas del carrito de Maritza. Maritza. ¿Dónde estará? Lo más seguro paseando en la hora del almuerzo por Londres, hablando con ese inglés aboricuado y salpicado de acento londinense... Él, persiguiendo quimeras, sus obsesiones... ¿Cómo dos vidas pueden tomar rumbos tan diferentes? Maritza siempre quiso tener hijos y él no, aunque tampoco fue algo que discutieran, no, fue un secreto a voces. Quién iba a pensar que iba a tener a su cargo un adolescente, loco como él... Pensó en David Caleb. Pensó que fue una locura dejarlo solo, otra vez, para irse a quién sabe dónde a encontrar quién sabe qué. Sintió la necesidad, de frenar el auto, regresar a San Juan, dejarlo en la marquesina y...

Sin darse cuenta, había llegado al final del camino. Frenó levantando una nube de polvo rojizo. Por estar perdido en sus pensamientos no notó que el camino estaba lleno de fango seco y rojo, que un pedazo de la cerca había sido removido, que había un letrero anunciando la entrada y salida de camiones. Escuchó el rumor del mar, el olor a salitre caribeño, ese otro sol playero que alumbra el verde y el azul de otra forma, no como en la ciudad... Se bajó del carro. Miró atrás, al resto del camino recorrido. Desierto. Notó que la carretera estaba más baja que el resto del campo. Se acercó a la cerca. Observó que adyacente al mar, a su izquierda, a la orilla del mangle, había maquinaria pesada de construcción, pero no personas. A la derecha se extendía el campo de pastizal seco, rojizo y amarillento a veces, según lo moviera la brisa caliente. En medio del campo había un árbol... parecía un viejo mangó, solitario, centinela. Al lado del árbol, paralelo a él, una excavadora con la palanca extendida. Le llamó la atención el hecho que estuviese tan separada del resto de la maquinaria allá abajo en la construcción. El sol azotaba fuerte, se cubrió los ojos con las manos para ver mejor.

A lo lejos, entre la maleza, pensó distinguir la silueta de una mujer en faldas movidas por la brisa...

Supo inmediatamente que estaba en el lugar indicado. Todo era exacto al crudo mapa que había dejado Gutiérrez en la Biblia antes de morderse las muñecas hasta desangrarse. Sintió un cosquilleo en la boca del estómago ante la anticipación del misterio. ¿Qué encontraría al pie de ese árbol? ¿Una caja de zapatos con fotos del gobernador con una puta? ¿A un senador entrando a una barra gay en Nueva York? ¿El feto abortado por alguna chilla? ¿Cien mil dólares producto de extorción? En cuyo caso Maritza no sería la única almorzando en una ciudad extranjera...

Dio unos pasos hasta el hueco que habían abierto en la cerca para acceder al área de construcción. Entró al campo. Se detuvo. Se palpó los bolsillos. La camarita y el móvil estaban ahí. Para su seguridad, pero para que no molestara, había puesto La Lola en la baqueta de la pantorrilla. Se metió en el pastizal que le llegaba a los muslos y caminó, con cuidado, en dirección al árbol. Apenas volvió a ver, entre la canícula brillante del sol sobre el pastizal, la figura de la mujer, ahora más lejos. Se detuvo y observó el campo. Se extendía por kilómetros y kilómetros a ambos lados del camino, desde el mar, ahora visible sobre los manglares, hasta la carretera principal. Aquel mangó era el único árbol en el campo, excepto el manglar a la orilla del mar. A lo lejos, sobre una colina, al otro lado de la carretera principal, una casita junto a un árbol seco. Estaba muy lejos para notar si estaba habitada. Buscó con la mirada, con dificultad, la figura de la mujer que pensó haber visto, pero no encontró nada.

Comprendió su soledad física en aquel lugar, sin embargo... una sensación le caló los huesos y tembló. La sensación de sentirse observado... Saber que está siendo observado. Una presencia tangible...

Rompió a trotar, desesperado. Una urgencia que no sabía de dónde le llegaba. Según se acercaba al árbol y a la excavadora, se abría ante sí un entendimiento de lo acontecido. Escuchó el eco de un disparo en los rincones de su memoria, se detuvo y se llevó la mano al pecho, se le nubló la vista, sintió la punzada de voces, de llantos, de desesperación, el bramido del mar a la distancia, una risa burlona, la humedad seca de la tierra fría, caliente, dura, blanda, la luz... sintió que se quedaba sin aire y cayó de rodillas... Entonces volvió a ese otro lugar... lejos en el pasado...

Hay un niño escondido bajo una cama, sabe que lo buscan, escucha los pasos, las puertas que abren y cierran, se encoje más en la esquina, en la oscuridad, siente algo húmedo, cerca de su mano, el olor putrefacto de mierda de gato le inunda sus sentidos, quiere gritar, vomitar, pero no se atreve... las medias, las medias blancas, por ahí vienen las medias blancas, la medias blancas que se acercan a la cama, las medias blancas que se detienen frente a la cama... una mano en el piso, otra mano en el piso y entonces el rostro podrido y ensangrentado...

...¡NO!

A la distancia, sobre la carretera principal, un camión transita y antes de la curva toca su claxon. Una bandada de tórtolas se espanta y sale volando de entre las ramas del mangó. Sánchez, hiperventilado, temblando, de rodillas no se da de cuentas que está a la orilla de un hueco en la tierra, casi rectangular y que en medio del barro rojizo y árido sobresale una pila de huesos secos.

Poco a poco Sánchez regresó al presente, al momento. El bocinazo del camión, aunque lejos, y el aleteo de los pájaros ayudaron a anclarlo a la realidad que lo rodeaba. Recobró, despacio, la normalidad de su respiración y pudo enfocar su visión que cayó fija sobre los huesos… en el boquete en tierra lleno de huesos. Se dejó caer sobre sus nalgas y muslos. Sacó los piernas de debajo de su cuerpo y se sentó a la orilla del hueco en la tierra.

Le tomó unos minutos comprender la realidad de lo que observaba. Comprender que Gutiérrez había hecho todo lo que hizo para revelar un gran secreto. ¿Cuántos muertos hay ahí abajo? ¿Por qué ahora? ¿Con qué propósito? ¿Cuánto tiempo esperó…? ¿Cuánto tiempo llevan estos cadáveres enterrados?

Se levantó. Miró a su alrededor, nadie. Se llevó las manos a los ojos para protegerlos de la solana amarillenta reflejada en el pastizal seco y buscó la mujer que estaba seguro… sí, seguro, que vio a lo lejos al llegar, antes de…

Volvió al hoyo, buscó una esquina, un lado a la que pudiera bajar sin perturbar la escena. Notó que los huesos estaban concentrados en un lado del hoyo, en una hilera, dio la vuelta, se puso de cuclillas, se balanceó, notó que la Lola estaba en la baqueta de la pantorrilla, la sacó, lo menos que necesitaba era un tiro en el pie en medio de las sínsoras del carajo, se la echó al bolsillo y finalmente tomó el salto.

La tierra estaba seca. Roja. Un olor a sequedad y polvo que le recordó las alergias que le daban cuando niño lo obligaban a jugar pequeñas ligas en el polvoriento parque de la escuela. Buscó en el bolsillo la camarita, me encontré a la Lola. La camarita estaba en el otro bolsillo. Flash, iba a necesitar flash. Traté de notar la estratación del terreno en el hoyo, pero eso no es tan fácil como lo explican en las revistas forenses. ¿Por qué no me traje a García? ¿Porque esperaba encontrar una caja de zapatos llena de dinero y no quería compartirlo con nadie? La idea de la caja de zapatos me dio gracia y me reí.

Encendió la camarita y la puso en posición para tirar la primera foto y… la imagen en la pequeña pantalla le tomó por sorpresa… Pensaba que la memoria de la cámara estaba vacía porque había transferido todas las fotos de la escena del suicida a la computadora robada, pero… Volvió a mirar la foto: era un rostro humano, aun con el desenfoque y la claridad de un *flash* demasiado cerca, se notaba que era un rostro humano con… con un tipo de ¿máscara? Entonces recordó los detalles contados por García del ataque en el Instituto de Ciencias Forenses y como supuestamente usó el flash de la cámara para ahuyentar al atacante… Por supuesto, no recordaba nada… nada.

Es gracioso como siempre tuvo la mejor evidencia, no solo de lo que pasó allí, sino de la posibilidad… bueno, la realidad de que esto era una conspiración muy seria. Ahí, frente a él, una pila de huesos secos que alguien no quiere que sea encontrada.

• • •

Tomé fotos de los cuatro lados del hoyo. Tal vez serviría de algo, *por si acaso,* pensé. Me acerqué a los huesos con cuidado de no pisar nada significativo. Mi observación original estaba correcta, los habían tirado aquí en una hilera, en un hoyo estrecho. Mucho más estrecho que el nuevo hoyo. Quien haya hecho este, preparó este lado para trabajar. Tomé fotos de la hilera de huesos. Hice acercamientos de algunos de los cadáveres en los que se notaba fibra de ropa, prendas como relojes, bolígrafos... hasta un radio portátil.

El radio me llamó la atención. Traté de acercarme más para verlo de cerca, pero tenía miedo de caer sobre los huesos o pisar algo y dañar la evidencia. Le tomé una foto con todo el acercamiento que me permitía mi camarita, busqué la foto y la observé con detenimiento... el reconocimiento llegó con un destello mental: tuve uno exactamente igual cuando... era... un niño. ¡¿Me quieres decir que estos cadáveres están aquí desde... los años setenta...?!

Me inundó un miedo súbito. Temí tener otro ataque de pánico, pero no, era simple y puro miedo primordial. Un escalofrío me recorrió la piel. Recordé exactamente los sentimientos y emociones antes del ataque de pánico, las voces, el dolor de pecho... Algo terrible pasó aquí... terrible... Sentí la necesidad urgente de salir corriendo de allí, pero mis sentidos hicieron todo lo contrario. La adrenalina agudizó mi visión, que aún en aquella lobreguez bajo el árbol y el hoyo pude notar detalles que no había visto hasta ese momento: cuerpos apilados uno sobre otros... dos cuerpos que cayeron abrazados... una vieja pistola que sobresale de la tierra... una sortija de graduación... unos espejuelos rotos... un cuerpo contorsionado en agonía... todos esos huesos... secos... amarillentos...

Di algunos pasos hacia atrás hasta chocar, de sorpresa, con la pared de aquella fosa común. Del susto, se me cae la camarita, me doblo a recogerla y ahí fue cuando sentí la primera bala zumbar como una mosca, demasiado cerca de mi oreja, y golpear la tierra.

—Tenemos que hablar, ahora.

Que el Superintendente de la Policía entrara a las oficinas del Presidente del Senado no era nada extraño; que entrara de la forma en que lo hizo y que hablara de esa forma…

Los asesores reunidos se quedaron boquiabiertos y miraron a Aurelio, este, con un solo gesto de la cabeza, les ordenó que se retiraran, los siguió hasta la puerta y la cerró con seguro.

—Explícame a qué se debe tanto drama. Deberías ser más discreto.

—¿Yo debería ser discreto? Tú tienes agentes de la policía asignados a tu escolta haciendo el papelito de James Bond siguiendo y fotografiando a tres miembros del Cuerpo de Investigaciones Criminales, ordenas que se roben una computadora, prendan fuego en una comandancia de la Policía, apagas la luz en todo Centro Médico, ordenas el robo de evidencia de una autopsia, golpean a un agente, le apuntan con una arma a otros tres, incluyendo una empleado civil y tienes la desfachatez de sugerirme que sea discreto…

—No comiences a gritar…

—Y tú no te hagas el pendejo. ¿Realmente pensabas que no me iba a dar de cuentas? ¿Pensaste que después de todos estos años había bajado la guardia? Pues no Aurelio. Sé muy bien todo lo que está pasando, es más, te lo voy a explicar porque me parece que no tienes ni una jodía idea en qué cabrón problema estamos metidos.

—Lo tengo todo controlado.

—Vete al carajo, Aurelio, esto se salió de control hace tiempo. Por si no lo sabías, antes de suicidarse, el cabrón de Gutiérrez hizo dos llamadas desde un celular que después le apareció en el culo: te llamó a ti, no lo niegues... y llamó a Humberto Sanabria...

—Pensé que estaba muerto...

—Está vivo, siempre lo supe, siempre supe... pero, dime, ¿Qué te dijo Gutiérrez cuando te llamó?

—Se despidió de mí...

—Mentira, te dijo y cito: «Profetiza, hijo de hombre, y dile a esos huesos secos que vivan...» Me hubiese gustado verte cagado en los pantalones, o mejor dicho, como te cagabas delante de la puta que estaba contigo. Para tu información, tengo oídos en todas partes.

—Suficiente.

—Pudiste haber confiado en mí, pero no, pensaste que podías resolverlo, ¿verdad? ¿A quién ibas a sacrificar esta vez? ¿A quién ibas a sacar del medio? ¿A mí, verdad?

Uno de los teléfonos sobre el escritorio comenzó a vibrar y Aurelio de Gracias se puso pálido. Miró a Palacio que no le quitaba la vista de encima, le vio su furia y entonces abrió el mensaje, sintió que las piernas le fallaban y para disimular se sentó. ¿Cómo era posible?

Oyola maldijo esa primera bala que falló. El objetivo estaba claro y preciso. Solamente necesitaba un tiro y ya. Pero el muy cabrón se movió, se le cayó la cámara y me dobló a recogerla exactamente cuando apretó el gatillo y la bala dio contra la tierra, tan cerca… muy cerca, pero no donde Oyola la quería: en el mismo medio de la frente de ese maricón de mierda.

Lo había venido siguiendo desde Juana Díaz a una distancia prudente. Sabía que el morón no se había dado cuenta, sobreconfiado en que nadie más sabía nada. Lo vio bajarse del carro y consultar un papel, cerrar la puerta, caminar hasta la construcción y entrar al pastizal. Lo vio correr, lo vio entrar como en un trance o un ataque o algo… meterse en la penumbra bajo el árbol y entonces escuchó un grito…

A lo lejos pensó ver una mujer que se perdía entre el aleteo de los palomas turcas.

La bocina de un camión lo sacó de sus cavilaciones. Dejó el carro y decidió acercarse. Mientras caminaba le envió un mensaje de texto a de Gracias y otro a Ortiz que vigilaba a la mujer de Forense. No había nadie más, aun así tomo todas las precauciones. No quería ser visto. Sacó la navaja militar del bolsillo y cortó cada una de las 4 llantas del carro de Sánchez. De una forma u otra, no escaparía. Entró al pastizal por la misma ruta que Sánchez, despacio, tratando de no hacer crujir al pasto seco y amarillento. Llegó hasta la excavadora cerca del árbol y se escondió detrás de las enormes llantas justo cuando Sánchez comenzaba a recobrar la compostura. El hombre se ponía cada vez más extraño, hoy día le dan un arma a cualquier loco, pensó.

Entonces Sánchez se tiró al hoyo y Oyola lo perdió de vista momentáneamente. Desde su posición, detrás de la excavadora, solamente lograba verle el torso cada vez que se levantaba y movía a la parte opuesta del hueco. Cambió de lugar, abandonó su escondite detrás de la enorme llanta posterior de la máquina y se colocó detrás del balde que le ofrecía una mejor visión de lo que ocurría: Sánchez tomando fotos de las paredes del hoyo y de algo más que él no podía ver. Sánchez volvió a desaparecer por unos momentos al doblarse. Entonces lo volvió a ver, el detective se incorporó con una expresión extraña en su rostro, como la compresión de algo profundo, lo vio retroceder, ¿de miedo?, y decidió que eran el momento justo para terminar con toda esta payasada. Necesitaba saber qué había en ese hoyo y lo necesitaba saber ya. Sacó la pistola y apuntó. Pensó tener el tiro perfecto y apretó el gatillo.

• • •

Me tiré a la tierra para evitar las balas que chocaban contra la pared de barro seco. Caí bocarriba y podía ver, como en cámara lenta, los granos de polvo suspendidos en el aire al estallar los tiros. Traté de arrastrarme, pateé, hinqué los tacos de los zapatos en el barro seco y me empuje justo en el momento en que una bala cayó a mi lado izquierdo. Logré un último empujón sabiendo que el atacante se movería más cerca y en cualquier momento estaría sobre mí, otra bala… muy cerca… otra… Entonces sentí un ardor seco, punzante en hombro izquierdo... vi sangre manchar la camisa, calambre en el brazo... Traté da sacar a la Lola, no podía, se había pillado dentro del bolsillo debajo de mi cuerpo.

De la nada, a la orilla del hoyo, justo sobre los huesos secos, aparece, como un profeta, la figura del hombre... Me miró, lo miré, lo reconocí, el mismo que estaba en la puerta del cuarto del suicida... el mismo que se cruzó conmigo en la escalera de la comandancia... ¿Cómo pude ser tan pendejo? Muy tarde me di cuenta de que estaba jugando con ligas mayores. Lo vi poner una sonrisa de medio lado, burlona, asentir con la cabeza y levantar la pistola... pensé en David Caleb, en el perro... Maritza tomando café en una plaza de Londres... Marrero tomando cerveza y los muchachos correteando, risas, risas... García poniendo su oreja en la barriga de Laura... Todo era tan importante... todo tenía sentido... ahora... enjabóname la espalda, por favor... ¡No¡... ¿Por qué ahora? Siempre pensé que morir un viernes tenía más sentido... que morir un... jueves... al menos... con la satisfacción del... trabajo bien... hecho... Terminar siendo otra pila más de huesos secos...

Escuché el tiro.

• • •

—¿Qué pasó? —le interrumpió Palacios, sacándolo de sus asombro.

Pensó rápido, decidió que todavía estaba a tiempo de salvar la situación, pero necesitaba a Palacios de su lado.

—Jorge, tienes razón en los dices, pero creo que todavía podemos resolver esta situación a nuestro favor...

—Déjame ver, ese debió ser uno de tus agentes de servicio secreto personal. El que sigue a Sánchez, supongo. Sí, ese es su nombre. Gutiérrez dejó un mensaje codificado, ese mensaje cayó en manos de ese detective medio loco de apellido Sánchez, Manuel Sánchez, el que resolvió el caso del pastor pedófilo amigo y protegido tuyo. Lo debe haber descifrado y está llegando a Cabo Rojo, ¿me equivoco?

—No.

—Me lo imaginé. El problema es más grave, Guillermo Sanabria recibió una llamada de Gutiérrez, como te mencioné… hace años que lo tengo vigilado… y parece que le dijo exactamente donde estaban enterrados los cuerpos. Él sabe todo, Aurelio, ¡todo!

—¡Oh Dios mío!

—¡Dios mío nada! No voy a perderlo todo por esto, no ahora después de tanto tiempo. Llámalos, a tus escoltas, llámalos ahora y diles que yo les ordeno que eliminen a Sánchez y a Sanabria, que eliminen a cualquiera que tenga aunque sea una sospecha, a todos los involucrados en el caso de Gutiérrez. Tenemos que enterrar esto de una vez y por todas. ¡Hazlo!

Se estremeció en un escalofrío. Momentáneamente se quedó sin aire, pero se obligó a respirar, a seguir actuando como si nada hubiese pasado.

El reconocimiento llegó de súbito, inesperado. Ya había visto ese rostro tres veces en la mañana, cada vez le llamó más la atención, pero se distraía con los ruidos de las personas a su alrededor, la lista mental de cosas que hacer o la congestión vehicular. Entonces, así como así, de la nada, le llega el recuerdo: era la misma cara… el hombre en el vestíbulo del Instituto, el mismo que se subió al ascensor… el día… que nos atacaron en el sótano en la sala de autopsias cuando apagaron la luz y golpearon a Marrero para robarse la evidencia del suicidio… *Ay, Dios mío…*

Trató de recordar si lo había visto en otro lugar o antes; tal vez trabajaban cerca o tal vez vivía cerca y por eso… trató de negárselo a sí misma, pero estaba muy claro que estaba siendo vigilada. ¿Por quién? ¿Por qué? Recordó la visita misteriosa a las oficinas del Superintendente de la Policía que le quitó el sueño por varias noches, recordó el ataque en el Instituto, el fuego en la Comandancia, la identidad del suicida, el código… *¡Sánchez! Oh, Dios mío, en qué lío nos hemos metido.*

El miedo comenzó a apoderarse de ella, pero lo dominó. Tenía que hacerlo si quería salir de la situación. Recordó algo que escuchó en una película: movimiento es vida... aunque no recordó de qué trataba la película... Bajo ninguna circunstancia podía permitir que la acorralaran. Tenía que mantenerse en movimiento.

Continuó actuando como si nada. El primer paso para sobrevivir: no dejarle saber al rival lo que ella sabía. Respiró profundo y se enfocó en el momento, volvió a cobrar consciencia de su realidad inmediata. Estaba en el supermercado, Laura la había enviado una lista al móvil... lo tenía en las manos, activó la pantalla, miró la lista y sin perder de vista a su vigilante, continuó con su compra, como si nada estuviese pasando.

jueves, 8 de agosto, 11:07 AM
En algún lugar de Cabo Rojo

Escuché el tiro... tomé un buche de aire, pensé en moverme, moverme tan rápido que no pudiera alcanzarme,
mi cerebro, por su lado, solamente logró reaccionar levantando mis brazos para cubrirme la cabeza.

Entonces me di de cuenta que no pasó nada, ningún dolor agudo en el resto del cuerpo, nada de ausencia de aire,
no me arropaba la oscuridad mental... solamente el ardor
en el hombro y la mancha de sangre en camisa rasgada y
todavía puedo pensar y sentir y mover y no hay más sangre
y veo el hombre, al profeta caer sobre los huesos secos y
escucho como se rompen, se astillan y como se levanta el
polvo y veo la sangre derramarse sobre los huesos como
ofrenda de vida como un sacrificio apocalíptico...

Lo vi caer. El tiro que escuché no salió del arma que
ahora yacía cerca de mis pies. Entonces, ¿quién disparó?
De las sombras, desde los aceros empolvados de la excavadora sale este hombre, pistola vieja y pesada en mano,
todavía botando humo, o tal vez eso fue invención de mi
cerebro, acercarse al hoyo. Llevaba una chaqueta de poliéster, inapropiada en aquel calor cobrizo, una boina gallega
y botas roídas.

Pensé que sí había muerto y lo que quedaba de mi mente, esos siete minutos eternos en que el cerebro sigue pensando, veía ahora una escena de alguna vieja película de Dirty Harry...

—¿Está bien? —lo escuché preguntarme.

No le contesté. Volví al ardor en el hombro, me agarré el brazo y examiné con cuidado la herida. Había tenido suerte, era solo un rasguño, profundo, pero un rasguño de bala. Él se fijó entonces en aquel otro cuerpo. Pareció indignarle que hubiese caído sobre la pila de huesos y con mucha rapidez, casi desesperación, le dio la vuelta al hoyo, dio un brinco cayendo a mi lado y procedió a mover el cuerpo fresco. Lo levantó tratando de no dañar más la evidencia en la pila de osamentas.

Lo dejó caer frente a mí y procedió a inspeccionar sus bolsillos...

—¿No se dio cuenta que lo venía siguiendo? —me preguntó con un dejo de indignación. —Lleva días siguiéndolo.

—Y ¿cómo usted lo sabe?

—¿Qué cree? Porque los estaba siguiendo a ambos.

Tenía organizado todas las pertenencias del atacante sobre la tierra seca. Cartera abierta, dinero, teléfono móvil, pistola y una navaja militar... la placa de policía...

—Miguel Oyola, de San Juan. Es policía... pero no es policía. Trabaja para el Presidente del Senado, Aurelio de Gracias, recibe más de cien mil al año para hacer de chofer, guardaespaldas, espía, chota, amansaguapos y alcahuete... ocasionalmente de sicario.

—¿Cómo sabe todo eso?

—Digamos que tengo mis fuentes de entero crédito.

—Usted le disparó...

—Le salvé la vida, ¿me va a arrestar por eso?

—No era una crítica, ni una amenaza, al contrario... ¿Quién es usted?

—Guillermo Sanabria... creo que tienes edad suficiente para reconocerme, —me contestó, mientras verificaba cuantas balas le quedaban al arma de Oyola.

No respondí a su último comentario, por supuesto que lo reconocía, tengo buena memoria, pero me parecía totalmente anacrónico, casi inverosímil, que estuviese hablando con él, más aún que saliera de las sombras con una pistola de película y me salvara la vida. Lo pensaba muerto hace mucho tiempo.

—Lo sé, todo el mundo cree que estoy muerto —dijo, como si me leyera los pensamientos, —todavía no.

Lo observé echarse el móvil y el arma de Oyola en el bolsillo roído de la chaqueta de poliéster y ponerle al muerto su cartera y la placa de policía sobre el pecho. Me miró, creo que notó mi estado semicatatónico, hizo una mueca de desaprobación y se acercó, me tomó el brazo herido sin delicadeza, lo levantó para inspeccionarlo; rasgó la manga de la camisa desde el mismo rasguño, la rompió en hilachos con rapidez y destreza e hizo un vendaje sobre la herida.

—Soy veterano de Vietnam. —Contestando mis preguntas mentales. —Y bien, ¿cuál es su evaluación experta de todo esto? —Preguntó señalando los huesos y sacándome del marasmo. —Esperaba un poco más de usted, después de todo fue el que resolvió el caso de Martínez Aguilú; se tardó en descifrar el código de Gutiérrez, pero digamos que tuvo muchas, eh… distracciones.

No le hice caso a sus comentarios y me levanté poco a poco, busqué la camarita con la mirada, la encontré y verifiqué que no estuviese dañada, le sacudí el polvo, saqué la Lola del bolsillo y me la puse en la cintura. Por si acaso. El próximo tiroteo no me tomaría desprevenido.

—Esto es lo que en una investigación criminal se llama una fosa común con osamentas. Las víctimas no son recientes dado el estado de deterioro de los huesos, la ausencia de tejido y la descomposición de fibras; los huesos no están fosilizados tampoco y la presencia de objetos como el reloj, el radio, la pistola y los espejuelos plásticos... yo le pondría como... unos 30 a 40 años.

—Muy profesional su observación. Déjeme explicarle a mi manera. Ahí hay diecisiete esqueletos de jóvenes desaparecidos en la década de los setenta, incluyendo a mi hijo... Ah... jóvenes universitarios, independentistas, socialistas... No olvide ese número... diecisiete. Jóvenes que eran seducidos políticamente y enviados a misiones «patriotas» por encubiertos de la policía y luego ejecutados como terroristas y separatistas. A los primeros desaparecidos las autoridades, principalmente el FBI, los catalogaba de desertores, jóvenes que se iban del país, generalmente a Santo Domingo o México huyendo del reclutamiento obligatorio. Después se inventaron varias historias ridículas como que eran comunistas y se fueron para Cuba, que si eran *jonquis* y se murieron debajo de un puente de sobredosis y se los llevó el río. Pero nunca se investigaron sus desapariciones, nunca.

—¿Me está hablando en serio? — le pregunté, aunque sabía que sí. Era una parte de la historia desconocida por mí, pero me resonaba a algo posible, especialmente para explicar la pila de huesos, porque en los años setenta el narcotráfico y el crimen organizado no operaban como ahora, ni tenemos historial de asesinos en serie, bueno, que se haya investigado como...

—No me crea, es lo lógico, pero tengo suficiente evidencia como para enviar a casi toda la plana superior de los partidos políticos a la cárcel. Además, con el lavado de cerebro que les han dado a ustedes en la escuela, qué se puede esperar. Ustedes los que creen es en Pan, Tierra, Libertad, democracia, fondos federales y la estadidad jíbara y con eso los llevan embobaos hace 65 años.

—Si usted dice la verdad, la evidencia está en esa pila de huesos y la evidencia científica no miente.

—¿Y a quién le corresponde investigar? ¿A la policía? Por favor, tenga un poco de imaginación. ¿Quién usted cree que los asesinó?

—Las cosas han cambiado bastante...

—¿Y usted cree eso también? Me parece que no, por lo que he investigado de usted, no creo que se lo crea, así que déjese de mierda, coño, y sígame la corriente.

—Ok, Sanabria, digamos que dice la verdad, supongamos que treinta y cinco años atrás hubo una masacre de diecisiete jóvenes...

—No fueron todos a la vez...

—Muy bien, supongamos que durante un periodo de, qué se yo, diez años, ejecutaron a sangre fría a diecisiete jóvenes...

—Incluyendo mujeres...

—Incluyendo mujeres y los fueron enterrando aquí en esta fosa común. ¿Quién dio la orden? ¿Quién los ejecutaba? ¿Por qué aquí? Eso implicaría también que lo por últimos cuarenta años ha existido una conspiración en la Policía, el Departamento de Justicia y tal vez las agencias federales en la isla.

—Le puedo contestar todas esas preguntas, algunas de ellas evidentes y muy bien documentadas durante la investigación del Cerro Maravilla, pero tenemos que irnos de aquí. Este tuvo que haber avisado y deben de estar por llegar sus secuaces.

—Espere, creo que hay alguien que nos puede ir ayudando.

Saqué el teléfono móvil, uno de esos aparatos inteligentes que vienen ahora que sirven para todo lo demás pero casi no reciben señal y son incomodísimos para hacer llamadas, lo activé, abrí la mensajería, busque el número de García, le ordené añadir fotos y cuando se activó la cámara, tomé varias fotos de diferentes ángulos y de cerca de algunos de los objetos y huesos. Ya Sanabria había salido del hoyo y lo seguí, una vez afuera tomé una foto más de todo el hoyo y su contenido. Añadí «este era el secreto de Gutiérrez» y oprimí el botón de enviar.

Sanabria caminó rápido entre la maleza, salió por el mismo hueco en la cerca por el que todos habíamos entrado y comenzó a bajar el camino pedregoso en dirección a la playa. Me dirigí hacia el carro de Maritza.

—No se moleste, no lo va a poder mover, Oyola le cortó las cuatro gomas. Se va conmigo o se queda aquí.

Iba a protestar cuando de repente, comenzó a sonar un teléfono, Sanabria se detuvo en seco, buscó en su bolsillo y sacó el móvil de Oyola…

—¿Sí…? Usted no sabe quién soy yo, pero sé quién es usted… Oyola está muerto junto a la pila de huesos de diecisiete patriotas… diecisiete, ¿recuerda ese número, verdad? Entre ellos está mi hijo… No se preocupe, pronto sabrá quién soy, voy por usted, ya tengo la evidencia que faltaba, asesino…

Sanabria tiró el teléfono entre la maleza y siguió su camino.

—¿Con quién carajos hablaba? ¿Quién llamó?

—Adivine…

—No… ¿el Presidente del Senado? ¿En serio?

—Pero, ¿qué le pasa a usted hoy? ¿El calor lo tiene mal o algo? Con todo lo que le ha pasado y le he dicho y todavía no se da cuenta de lo que está pasando.

—¿Usted lo llamó asesino?

—¿Por dónde comienzo? El Honorable Aurelio de Gracias, Presidente del distinguido Senado de Puerto Rico, líder de su partido, caudillo de la anexión territorial fue, en sus años de juventud universitaria, líder de la infame Asociación de Estudiantes Estadistas. Y usted no sabe de qué puñeta estoy hablando… para hacer el cuento largo, corto: Aurelio de Gracias fue el líder del escuadrón de la muerte responsable por los diecisiete muertos en esa fosa. Nada más ni nada menos que el que halaba el gatillo.

Llegamos al final del camino, detrás de unos árboles de mangle, cerca del litoral, se encontraba su carro, otra reliquia, un Lincoln Continental del 1978, creo, tan usado y roído como el dueño. Sanabria abrió la puerta del conductor, buscó debajo del asiento y sacó un maletín, cerró la puerta, lo abrió y comenzó a poner su contenido sobre el bonete del auto. Me acerqué y comencé a leer y ojear los documentos. Había recortes de periódicos de familias denunciando la desaparición de los jóvenes y de la policía declarándolos desertores o comunistas. Artículos de El Mundo y El Vocero incluyendo el caso bien reseñado en los medios de la desaparición del hijo de Sanabria.

—Suponiendo que por su edad sí recuerda quien soy, me sobra decirle que moví cielo y tierra para encontrar a mi hijo o al menos que se investigara su desaparición, el FBI hasta reprodujo una foto borrosa de él en México comprando y que un boleto para viajar a Cuba. Cuando vieron que mis fuentes y contactos como periodista me estaban acercando peligrosamente a la verdad... bueno, al menos a suponer que existía algún tipo de conspiración política, hicieron todo lo posible por destruirme.

—Lo sé, recuerdo su famoso caso de la niña que lo acusó de llevarla a un motel, era un chamaquito, pero recuerdo.

—Todo fue una mentira, ni tan siquiera me acusaron formalmente, pero sirvió como excusa para botarme del canal, todo el mundo me dio la espalda, sabían lo que estaba sucediendo, pero tenían demasiado miedo como para arriesgarse. Me obsesione con encontrar a mi hijo, gasté todo lo que tenía investigando, pagando fuentes que me seguían mintiendo. Me dieron golpizas. Mi esposa estaba desquiciada, me culpaba por la desaparición del muchacho, nadie me quería dar empleo, me divorcié, perdí la casa, llegué a dormir en el carro hasta que un amigo me prestó una casita abandonada de sus suegros sin agua y sin luz. Entonces se me ocurrió que lo mejor que podía hacer era desaparecer y eso hice, un buen día

Guillermo Sanabria, el hombre ancla de las noticias, la voz y el rostro más reconocido del país, simplemente desapareció.

—Muy bien, ya me puso al día, ahora contésteme una pregunta más. Usted dice que Aurelio de Gracias es un asesino y fue quien haló el gatillo, estoy seguro que no lo hizo solo, ¿quién más estaba involucrado?

—Son muchos los nombre, algunos entraban y salían, otros participaron una vez, pero el otro cabecilla usted lo conoce muy bien... Juan Pablo Gutiérrez.

—Pero, si era como usted decía, que eran líderes universitarios estadistas o de derecha, eran conocidos, ¿cómo es que llegan a engañar a todos esos jóvenes para ejecutarlos?

—Porque no eran ellos los que hacían ese trabajo sucio... eso le tocaba a los camarones, a los encubiertos de la policía. En esos tiempos de la CONTERPRO, en Puerto Rico y específicamente en la UPR, no se podía confiar en nadie. No sabias si el encubierto era un profesor, el líder del partido, tu novia. El propósito era desestabilizar, sembrar cizaña, dividir la población, dividir a toda la disidencia política. Por qué cree que hasta hoy día los independentistas no han podido pasar del tres por ciento en unas elecciones y hay como cinco grupos halando cada uno pa' su lao... Porque fue exitoso. Si no se hubiese descubierto lo de Maravilla...

—Pero, entonces, ¿quién es responsable de engañar a las víctimas?

—Nunca se supo su identidad, solamente se conocía por su seudónimo con que firmaba los informes. Fue un encubierto muy eficiente, logró colarse en las estructuras mismas de los partidos, en las directivas. Nadie, nadie que haya hecho una investigación seria sobre el tema, pudo descifrar su identidad, hasta.

—¿Hasta?

—La noche que Juan Pablo Gutiérrez se suicidó me hizo una llamada...

—Eso explica el teléfono en el culo...

—...me reveló la identidad del encubierto, del camarón...

jueves, 9 de agosto, 11:09 AM
San Juan

Maribel escuchó el teléfono sonar, lo percibió en su visión periférica, sabía que era él, dos filas a su izquierda. Algo, el instinto, tal vez, el sexto sentido de mujer, la hizo dejar de pasarle los artículos a la cajera y mirar. Lo vio, como en cámara lenta, contestar, escuchar, bajar el teléfono y mirarla fijamente, sin disimulo. Vio la frialdad en aquellos ojos, una frialdad que le caló los huesos...

Sintió vibrar su propio teléfono, sin dejar de mirarlo, lo saca del bolso y entonces, con dificultad rompe el trance y mira la pantalla, detrás de ella la cajera trata de llamarle la atención... Maribel va pasando las imágenes en la pantalla, con cada una aumenta su terror; lo mira nuevamente, él todavía la mira fijamente a ella.

Él sabe.

Pensó tantas cosas a la vez. Pero, de algo estaba segura, necesitaba salir de allí, necesitaba huir porque aquel hombre la iba a matar.

La cajera, molesta, le dijo que si no va a pagar la compra se tiene que salir de la fila y Maribel, cabizbaja, retomó la entrega de artículos, pago y salió del hipermercado. Trató de disimular el miedo y la prisa. Lo buscó con la mirada, pero el hombre había desaparecido. Todo su cuerpo estaba tenso en la espera de un ataque, ¿de dónde vendrá? Inspeccionó los carros que se acercaban, las personas que caminaban de un lado a otro en el estacionamiento… pero no lo veía.

Llegó al carro, se detuvo, lo observó, ¿y si le han puesto una bomba? Entonces la idea le pareció tan descabellada que se regañó a sí misma. Estoy segura que estoy sacando todo esto de proporción, tiene que haber otra explicación, cualquier otra explicación. Tal vez no es él, tal vez es solo mi imaginación, me estoy poniendo paranoica como Sánchez… pueden haber decenas de explicaciones para que una persona se te quede mirando… yo lo estaba mirando primero… y si esto no tiene nada que ver con…

Se calmó, bueno, hizo un esfuerzo por calmarse, guardó su compra y se sentó al volante. Le quedaban dudas, le quedaba el rastro del susto que no quería irse.

Recordó las fotos y buscó el teléfono móvil y abrió el mensaje de Sánchez, debajo de las fotos leyó: «este es el tesoro de Gutiérrez». Abrió las fotos, las observó con detenimiento, ampliándolas para ver bien los detalles. Algunas áreas estaban muy oscuras, pero en general, se podía ver todo. La conclusión la dejó confundida. ¿Gutiérrez se corta las venas a mordiscos, usa su propia sangre para escribir un mensaje codificado en la pared, deja un mapa con tinta invisible en una Biblia y todo esto para desenterrar una fosa común? ¿Era un asesino en serie? ¿Algo que descubrió? ¿Por qué se suicidó entonces?

Cerró las fotos y llamó a Sánchez. Tenía muchas explicaciones que darle.

—¿Quién está muerto, Aurelio? —Preguntó irritado el Superintendente Palacio por tercera vez.

Aurelio parecía no escucharlo, se había quedado con el teléfono en la mano y esta, suspendida en el aire, paralizada.

—¿Quién contestó el teléfono? ¿Quién está muerto? Te escuché decir la palabra «muerto», la murmuraste…

—Mataron a Oyola, mi chofer… —dijo, ausente, mientras se dejaba caer en la silla del escritorio.

—¿Tu chofer? ¿Qué hacía tu chofer lejos de tu carro, Aurelio? ¿Haciendo uno de tus mandados? ¿Ese era el que seguía a Sánchez? Esto pasa por no venir dónde mí. Parece que toda la situación se te salió de las manos. ¿Quién lo mató? ¿Sánchez?

—No sé, Sanabria fue quien contestó el teléfono. Dijo que ya tenía la evidencia que faltaba y que venía por nosotros…

—Todo esto es culpa tuya, Aurelio, tu maldita ambición, tus ilusiones de grandeza y poder. Te imaginas si la historia llega a la prensa, ¿una foto? Aurelio…

—Tenemos que hacer algo…

—Tenemos es mucha gente, déjalo en mis manos, será

sucio, ya no hay remedio...

Jorge Palacios tomó el auricular que de Gracias todavía sostenía, colgó la llamada, esperó el tono y marcó un número.

—Es Palacios. Ortiz, tenemos una situación muy delicada. Necesito que se resuelva lo antes posible y sin escatimar recursos. Tenemos a un agente del CIC, Manuel Sánchez, adscrito a la Comandancia de San Juan... ese mismo, aparentemente en unos de sus ataque de... esquizofrenia y abuso de drogas con un acompañante, Guillermo Sanabria... sí, parece que sí, bueno, lo importante es que están armados, son peligrosos y ya mataron a un agente en... Cabo Rojo... Lo que le quiero decir es que no deben llegar a San Juan vivos... deben ser detenidos a toda costa, esa es mi orden... Ortiz, yo me encargo de la prensa.

Jorge Palacios colgó la llamada, bajó el auricular lentamente y se lo entregó a de Gracias.

—Aurelio, enfócate, cambia esa cara y llama a una conferencia de prensa urgente, aquí mismo en el Capitolio, tenemos trabajo que hacer.

—Aló, Manuel…

—Maribel, supongo que miraste las fotos…

—No entiendo, ¿por qué Gutiérrez dejó un mapa para encontrar una fosa común?

—La historia es un poco compleja, te envié las fotos para que comenzaras a organizar algún tipo de equipo forense…

—Manuel, algo está pasando, esto parece que es más grave de lo que imaginas…

—Créeme que no…

—Me están siguiendo… creo que es el mismo hombre que vi en el ascensor del Instituto… pero no sé… no sé qué pensar… Desde que entramos a esa escena del suicidio, todo parece complicarse más…

—Maribel, escúchame con calma, pero escúchame bien, esto es serio, aparentemente esos huesos son una víctimas de… cómo ponerlo… asesinatos políticos en los años 1970. Ya intentaron matarme cuando llegué aquí…

—¿Qué?

—…Sí, pero un señor llamado Guillermo Sanabria…

—¿El de la televisión…?

—Ese mismo, pero escúchame, me salvó y me ha explicado todo. Él tiene la evidencia para explicar todo y vamos camino a San Juan. Si nos pasara algo… tienes que proteger esas fotos y hacerlas llegar a la prensa o algo…

—Manuel, a mí me están siguiendo. Tengo miedo.

—¿Y Marrero?

—Si te estaban siguiendo a ti también e intentaron matarte, las dos otras personas que saben algo sobre este caso son Marrero y la patóloga… tenemos que dejarse saber…

—Ok, yo llamo a Marerro, trata de comunicarte con la patóloga… ¿qué…? Espera Maribel, me están diciendo algo… que no llames a la policía, que no confíes en nadie… *¿Qué se supone que haga, entonces?*… Maribel, espera la llamada de Marrero, le explico todo, él sabrá que hacer.

—Tengo miedo, Manuel…

—Tranquila, usa el cerebro y espera la llamada de Marrero.

jueves, 9 de agosto, 12:15 PM
San Juan

Cuando fue la última vez que sentó a ver noticias al mediodía. De ver noticias, las veía, a esa hora están en todas partes; pero sentarse, con un vaso de *Coca-Cola* con mucho hielo después de una olla de viandas con bacalao… No recuerda, realmente.

Y que sea en el preciso momento en que comienza una conferencia de prensa en directo desde el Capitolio en la cual hablan de su *partner* Sánchez como si fuera un terrorista que acaba de matar a un agente de la policía en un arranque de paranoia causada por drogas junto a un tal Guillermo Sanabria y que está siendo perseguido y se considera armado y peligroso…

Se le subió un taco a la garganta, se estremeció. Observo como María llegaba de la cocina con las manos tapándose la boca y lágrimas en sus ojos. Sonó el teléfono, miró que lo había dejado en la mesa y no hizo movimiento para buscarlo; María lo coge, lo mira y se lo pasa rápido…

—Es Manuel.

Marrero se levanta, erguido, toma el móvil y contesta.

—¿Dónde estás? ¿Es cierto lo que dicen en la televisión?

—¿En la televisión? …*Están hablando de nosotros en la televisión… No sé…* ¿Quién está hablando de mí en la televi…?

—¡Manuel, ¿dónde estás?!

—Voy saliendo de Cabo Rojo... descifré el código y me llevó a un verso de la Biblia que había en el cuarto de Gutiérrez, el que se suicidó, y en la Biblia había un mapa... y... encontré una fosa común... es un poco complicado... te lo explico luego. Te llamo porque puede ser que estés en peligro. A mí me venían siguiendo, parece que lo hacían desde el día que comenzó la investigación, me hirieron en un brazo... a Maribel la están siguiendo también y está asustada...

—Yo te dije que dejaras el asunto tranquilo y no lo hiciste y encima de eso te vas solo... sin decir nada... Por lo que dicen en las noticias, parece que el asunto es serio, te van a disparar primero y preguntar después... ¿es cierto lo que dicen? ¿Mataste a alguien? ¿Con quién andas?

—No, no maté a nadie, casi me matan a mí si no es por este señor... Guillermo Sanabria, el de las noticias... de antes... me salvó la vida. El hombre que me seguía y me disparó es un guardaespaldas del Presidente del Senado... pero no hay tiempo para explicarlo todo. Maribel necesita ayuda y tú no debes quedarte en tu casa, debes de protegerte. Esto es muy serio, esto puede cambiar la historia...

—Haré lo que pueda, ¿qué vas a hacer tú?

—Nuestra meta es llegar a San Juan y entregar toda esta evidencia a la prensa...

—Cuídate, parece que sus planes son no dejarlos llegar...

—¡Espera, Marrero! David está solo en la casa con el perro... Por favor...

—Yo me encargo.

Marrero colgó, miro a María. La mujer le sostuvo la mirada, entre ellos había poco que explicar.

—Usa la guagua, vete con los nenes a casa de tu mamá... busca a David Caleb y al perro ese, no expliques mucho... rápido y llévate el maletín, ya sabes, tú disparas como te enseñé... si hay peligro, disparas primero que lo demás lo arreglamos después.

—¿Qué vas a hacer?

—Lo que se pueda. Maribel está sola y la están siguiendo, Manuel viene de Cabo Rojo y ya lo intentaron matar. Solo espero encontrarme al cabrón hijeputa que me dio el cantazo en la cabeza.

—Luis, ten cuidado, regresa vivo, ¿ok? , como sea, pero vivo.

Y con eso dicho, cada uno tomó la acción correspondiente: María dio dos órdenes desde el pasillo que no fueron cuestionadas y en un minuto la guagua estaba saliendo de la marquesina, armada y lista para la batalla; Marrero tomó el móvil y el auricular remoto, el arma de reglamento que acomodó en la baqueta de hombro; la «otra», en la baqueta del muslo y la gorra de Policía de Puerto Rico que guardaba como recuerdo de sus años de patrullero.

jueves, 9 de agosto, 12:22 PM
San Juan

—Maribel, ¿dónde estás?

—En el estacionamiento del centro comercial, no me he atrevido moverme.

—¿Estás armada?

—¿Armada? ¿Con una pistola? No, Luis, eso es parte de mi trabajo...

—Es parte de vivir en este roto entre el mar y el cielo...

—Estás sonando como Sánchez...

—Mira a tu alrededor, ¿Qué ves?

—El supermercado, una farmacia, tiendas de ropa, zapatos... comida... un banco.

—Ok, quiero que te vayas al banco, no lleves nada, solo el teléfono, siéntate a hacer turno, para lo que sea, si te preguntan algo le dices que estás esperando a tu marido para solicitar un préstamo... o algo así. Voy a buscarte.

—¿Por qué un banco? —preguntó mientras se bajaba del auto y comenzaba a caminar a toda prisa, mirando a todos lados.

—Los bancos están llenos de gente, hay cámaras de seguridad, puertas automatizadas... si te buscan para hacerte daño, créeme, lo van a pensar dos veces antes de arriesgarse.

—Luis, tengo miedo que lleguen hasta mi casa y…

—Llámala, explícale lo que quieras, pero dile que esté lista, María la recoge, María sabe qué hacer, estará segura.

—Gracias, Luis.

—Te veo en unos minutos en el banco.

Sánchez sintió el buche de ácido subir por el esófago. Una pelota de miedo se le sentó en la garganta. Le parecía inverosímil que Sanabria se estuviese riendo, casi a carcajadas, mientras escuchaba en la radio cómo los describían: dos hombres peligrosos, armados, que acababan de matar a un agente del orden público, un héroe que trató de tenerlos, que andan juntos en una orgía de drogas, alcohol, locura y sexo...

—¿Cómo saben que viajamos en este carro... y la ruta?

—Palacios, el Superintendente, sabe todo, siempre, desde sus años en Justicia, me ha tenido vigilado, el muy cabrón nunca se creyó la historia de mi desaparición y yo lo sabía, pero era como una especie de juego. Siempre ha estado en posiciones de poder dentro del Departamento de Justicia. Ese ha sido su *modus operandi*, desde el poder vigila, aprende, amenaza, controla, influye...

—Habla como si esto fuera una maldita película de espías de la Guerra Fría, se me hace difícil creer que en este país que nada funciona apropiadamente existan escuadrones de la muerte, conspiraciones, grupos secretos, vigilancia...

—Ok, supongamos que soy un viejo alcohólico y loco,

¿cómo cree que Gutiérrez llegó al poder y lo perdió tan rápido y tan fácil? ¿Cree realmente que fue por una simple caja de zapatos llena de dinero?

—Eso lo puedo entender, Sanabria, los juegos políticos, ellos y sus ambiciones son sus peores enemigos, pero…

—Pero… pero todo esto de asesinatos políticos, grupos de derecha que controlan y separatistas y FBI… ¿eso es lo difícil de creer? ¿Usted es de los que creen que el Cerro Maravilla fue un incidente aislado, que todo se resolvió gracias a la democracia y justicia puertorriqueña?

—Por supuesto que no puedo negar lo que pasó y tampoco soy tan ingenuo como para pensar que nos dijeron toda la verdad…

—Y qué si el Cerro Maravilla fue solamente un descuido… se sobreconfiaron y la poliquería jugó un papel demasiado determinante para que… casi toda la verdad se supiera, para que se acabara un juego que se estaba convirtiendo en algo demasiado peligroso para los que tenían el poder. La verdad nunca se ha sabido… Somos un pueblo con amnesia… no, no es amnesia, ni olvido… somos un pueblo con miedo…

Sánchez tragó con dificultad, absuelto por la intensidad y dolor en aquellas palabras.

—¿Cómo se puede explicar que no haya ido ni una persona presa o al menos a juicio por todas las masacres, por todos los jóvenes desaparecidos desde los cincuenta, por todos los bombazos? ¿Quién paga por mi hijo en esa trinchera? Asesinado como un criminal por unos cobardes que de seguro lo ejecutaron por la espalda… ¡¿Quién?! Porque los asesinos son los que ocupan altos cargos en el gobierno, son los líderes de partido, son los honorables… Así se les pagó por su parte en convertir este país en una colonia mental de mierda… y todavía vivimos como si esto fuera la Guerra Fría, como si el muro de Berlín no hubiese caído…

—¿Y qué va a hacer usted?

—Completar la venganza de Gutiérrez... la mía... por mi hijo... y usted me va a ayudar... Usted ha visto todo esto y hasta lo buscan para matarlo, ya no lo puede ignorar... usted descifró el código, usted ha descubierto una verdad, la verdad de esos huesos secos y no puede dar marcha atrás.

Sanabria dejó una mano al volante y con la otra se sacó del cuello una cadena de plata, gruesa, alguna reliquia de tiempos mejores, de días de gloria y se la pasó a Sánchez. En la cadena, una memoria USB, negra, pequeña, casi como un amuleto.

—Ahí está toda la evidencia que he encontrado durante todos estos años de búsqueda. Pagué mucho para que la pusieran en ese aparatito y lo llevo conmigo todo el tiempo. Ahora es suyo... haga justicia.

El viejo periodista cambió la mirada, se trató de enfocar en la carretera, pero lo traicionó una vieja lágrima que se deslizó por la mejilla y se perdió en los resto de una barba desaliñada.

Sánchez no dijo nada, apretó el amuleto en el puño y en el mismo silencio se llevó la cadena al cuello y la colgó ceremoniosamente.

jueves, 9 de agosto, 12:30 PM
San Juan

David Caleb miró el reloj de la estufa desde la esquina detrás de la mesa, las 12:30 PM en punto. Su memoria se remontó a otro tiempo, no muy lejano, a aquel día que vio a Manuel llegar a la escuela con Maribel y Marrero. Eran las 12:30 PM en punto, cuando sonó el timbre pata regresar a los salones. Supo inmediatamente que su destino estaba atado a aquellas personas extrañas, compartían un secreto, aunque ellos no lo supieran todavía. Especialmente Manuel, sintió el dolor de su alma. No sintió miedo, la verdad llegaría como un relámpago en una tarde soleada, de la nada, sin esperarse. Él vendrá, vendrá a encontrarnos…

Pero ahora David se escondía de algo desconocido. Había escuchado el primer ruido cuando estaba sentado en el piso con el perro en el cuarto que servía de oficina de Manuel leyendo viejos cómics de *Memín* que encontró en una caja. Fue algo leve, una pisada, casi imperceptible. Vio como el perro levantaba las orejas y le ordenó con el dedo que se quedara quieto. Todo su cuerpo se tensó, el miedo agudizo sus sentidos.

Venían por él. Pero tendrían que atraparlo primero.

Con una leve señal de la cabeza le ordenó al perro y este lo siguió fuera del cuarto. En el pasillo se dio cuenta que el ruido provenía de la puerta que daba al patio, trataban de abrirla. Se agachó y el perro lo imitó, llegó a la sala, al final del pasillo. Escuchó otro ruido, debió tener la puerta casi abierta. Tenía que hacer algo y rápido. Le ordenó al perro que se quedara en la sala y el perro se acostó sin dejar de seguirlo con la mirada.

David Caleb se dirigió a la cocina, trató de recordar dónde estaban los cuchillos para no hacer mucho ruido buscando, además, no tenía mucho tiempo, segundos tal vez, hasta que aparecieran para llevárselo. Sabía que saldría cadáver, jamás por voluntad propia. Recordó que había uno en la platera donde lo habían dejado anoche después de fregar los trastos. Se arriesgó a levantarse rápido, tomó el cuchillo y volvió a agacharse con temor de ser visto por las ventanas. Observó el cuchillo, tenía buen filo, agarraba bien. Serviría para defenderse y si eso fallaba… no tenía miedo de morir.

Salió de la cocina, hasta el comedor, cuando escuchó la puerta abrirse, lentamente. Reaccionó tan rápido que casi deja caer el cuchillo, el perro sintió su miedo y quiso venir a su lado, pero David le hizo señal de que se quedara quieto dónde estaba y se posicionó en la esquina detrás de la mesa del comedor. Quien viniera por el pasillo vería primero a perro y él podría atacar por la espalda antes que se diera cuenta.

El reloj de la estufa marcaba las 12:30 P.M.

Sintió pasos en el pasillo, cerró los ojos y se concentró, su instinto le decía que eran de una sola persona. Miró al perro que le expresaba su temor y expectativas con los ojos, pero no se movió. David sintió como el pánico quería apoderarse de su mente y cuerpo, como los recuerdos de otras pisadas en la oscuridad, cuando entraban al cuarto, se acercaban a su cama y lo levantaban para llevárselo, él siempre se hacía el dormido… *¡No! Esta vez no.* Apretó el cuchillo en ambas manos, abrió los ojos y espero al momento exacto en que la persona apareciera, se volteara a mirar al perro...

Fue como se lo imaginó, primero vio aparecer desde el pasillo la mano con guante negro, después la otra con una pistola con silenciador, luego el torso envuelto en gabán negro; lo vio detenerse, bajar un poco la pistola mientras se volteaba a mirar el perro que levanto su cabeza e hizo un quejido de sorpresa y miedo, pero no se movió de sus sitio. David Caleb saltó de la esquina, con la mano izquierda se empujó con la mesa y se lanzó sobre la espalda del individuo y le clavó el cuchillo en el hombro derecho, el hombre sacó un quejido profundo de sorpresa y dolor y se desbalanceó, David aprovechó para desenterrar el cuchillo y volverlo a clavar en la espalda baja. Esta vez el hombre cayó sobre la rodilla izquierda y trató de virarse y mirar a David, levantó el arma, pero David torció el cuchillo que no había soltado y el hombre soltó el arma ante el intenso dolor.

David vio la sangre oscura escurrirse entre sus dedos, sintió el placer prohibido del poder, de no sentirse víctima otra vez y sintió la urgencia de sacar el cuchillo y volver y volver y volver a enterrarlo hasta... *escuchó los truenos, la lluvia empapar tu cuerpo y la visión del corazón de la bestia...*

Soltó el cuchillo y el hombre cayó al suelo, entonces tomó el cachorro en sus brazos, abrió la puerta que daba al balcón y salió para darse cuenta que necesitaba la llave para salir. Entonces nota una guagua que frena violentamente frente a la casa, la reconoce como la guagua grande de los Marrero, ve a María al volante, la escucha gritarle que tiene que irse con ella, que es una emergencia, él no contesta, suelta el perro frente a portón, regresa adentro, mira al hombre en el piso ¿muerto? Sigue pegado a la pared sin quitar los ojos de encima, llega hasta la mesa y mete la mano en la vasija donde Manuel deja las llaves, las toma, regresa a la puerta, vuelve a mirar al hombre, no se mueve, sale, busca la llave, es la amarillita, la amarillita, abre el candado, se caen las llaves y el candado, abre el portón, agarra el perro y camina rápido hacia la guagua, siente el calor en los pies y se da de cuenta que está descalzo, llega a la guagua, ve la cara de María mirando sus manos, el perro, su camiseta embarrada de sangre oscura...

—David, ¿qué pasó?

—Un hombre entró por la puerta de atrás... con una pistola... lo maté...

—Oh Dios mío, súbete, súbete, rápido...

María aceleró el vehículo sin que David Caleb terminara de cerrar la puerta, dejando atrás la casa abierta y un hombre mal herido adentro.

Maribel vio a Marrero llegar al banco y frenar atrope-
lladamente justo a la entrada, abrir la puerta del auto, sacar
medio cuerpo y buscarla con la mirada; mientras, el hombre que la seguía tiraba el cigarrillo al asfalto, lo apagaba a
toda prisa y buscaba el teléfono. Hacía como diez minutos
que se había apostado frente al banco, ya no disimulaba,
de hecho, sus miradas se habían cruzado. Maribel estaba
aterrorizada.

Marrero encontró el rostro de Maribel a pesar del reflejo del sol en el vidrio y le hizo señales. Maribel no supo que
hacer, no podía gritarle, ni hacerle señas sin llamar mucho
la atención dentro del banco. Miró el teléfono, se dio de
cuenta que lo apretaba tanto que se estaba lastimando la
palma de la mano, la relajó un poco y marcó el número de
Marrero. Se agachó un poco en la silla, escondió un poco
la cara y espero que él contestara.

—¿Maribel? ¿Por qué no sales?

—Mira a tu izquierda… el hombre que ha estado si-
guiéndome está ahí, vestido de negro, ya no disimula…
lleva ahí parado, fumando y mirándome desde que habla-
mos la última vez. Tengo miedo de salir… tal vez está esperando que estemos juntos para atacarnos.

Marrero comprendió la lógica de lo que le decía Maribel. Miró al hombre, a su templanza, su fría arrogancia, como si fuera una criatura horrible pero invisible al ojo humano, como si se sintiera intocable. Sin darse cuenta colgó el teléfono y lo echó al bolsillo. Comprendió que aquí pasaba algo más severo y profundo de lo que sospechaba. Hasta ahora, le había dado a esto la seriedad de las otras excentricidades de Sánchez; se había negado a aceptar que el suicidio del político, el golpe en la cabeza, el fuego en la Comandancia, el robo de evidencia, el código secreto estuviesen todos entrelazados... ¿Por quién? ¿Para qué?

Sintió miedo. Como si un calor intenso le secara los huesos.

Marrero escuchó las sirenas de patrullas, al principio eran lejanas, parecían venir de diferentes direcciones; vio la sonrisa del hombre vestido de negro, una sonrisa burlona, de esas que dicen: te jodiste, y entendió todo. Había sido una trampa.

Entró al carro, lo apagó y sacó las llaves. Lo dejó en el mismo lugar y con la puerta abierta y corrió al banco. Justo cuando cruzó la puerta, una decena de patrullas con los biombos y sirenas encendidos frenó bruscamente frente al banco. Venían por ellos como si fueran criminales.

Tenía que tomar decisiones y las tenía que tomar rápido. Sacó su placa y la levantó:

—Soy policía, Agente Marrero, a sus órdenes. Tenemos una emergencia policiaca. ¡Necesito al gerente! ¡Rápido! Todas las demás personas, salgan inmediatamente, todos, vamos, esto es una emergencia...

—Perdóneme, pero usted no puede sacar a la gente así del banco...

—Sí puedo y si usted es el gerente mejor coopere, a menos que quiera este lugar lleno de gente cuando comiencen a disparar...

jueves, 9 de agosto, 12:40 PM
En algún lugar en Yauco

La primera patrulla apareció después de pasar el pueblo de Guánica. Sánchez no dijo nada, supuso que Guillermo se había dado cuenta también. Desde que habían salido de Cabo Rojo esperaban algo así. Hacer una conferencia de prensa en el Capitolio, transmitida por la radio, en la que los declaraban fugitivos peligrosos, tenía que tener un propósito, tenía que ser parte de algún plan para detenerlos.

Todavía todos los acontecimientos le parecían surreales. Apenas unos días atrás estaba sumido en la rutina tediosa pero indeleble, abrumante pero estable, segura, a veces triste, a veces cómica… mejor cínica; ese estupor en que caemos los seres que habitamos esta ínsula en que todo está de mal en peor; esa aceptación, ese eñangotamiento endémico en la espera de que pase algo, cualquier cosa, o que alguien haga algo, cualquier cosa que los salve o los acabe de destruir, un nuevo mesías, una última profecía apocalíptica… cualquier cosa, menos aceptar la realidad de que el país es una mierda.

Ahora era buscado como un fugitivo, acusado por el Presidente del Senado y el Superintendente de la Policía de Puerto Rico. Tenía colgado del cuello la evidencia que terminaría con sus carreras políticas y los enviaría a la cár-

cel por crímenes políticos, por homicidio... Al menos eso
dice este hombre, este viejo maloliente a *whiskey* barato, al
volante de un auto clásico.

Si lo pensaba bien, ¿cómo sabe que dice la verdad?
¿Cómo sabe que esos huesos en esa tumba común son realmente las osamentas de 17 jóvenes universitarios independentistas desaparecidos en los años 1970? Realmente, todo
esto podría ser un invento de este viejo, una fantasía. Hay
gente descabellada que vive con estas ilusorias teorías de
conspiración. Es increíble que dado el estado de situación
del país, no haya más personas caminando por ahí creyéndose que nos controlan por medio de las hondas de la
televisión...

Es cierto también que ya han atentado contra su vida
dos veces, que se suicidó un político y dejó un código escrito con su sangre y que ese código lo llevó a un paraje
remoto de Cabo Rojo, que a Maribel la persiguen, que a
Marrero lo golpearon, que apagaron la luz en todo el dis-
trito del Centro Médico para robarse la evidencia... ¿Por
qué sigue con dudas?

CONTERPRO, disidencia cubana, carpeteo, terrorismo de
derecha, nacionalismo... los conceptos se le escapaban, los
puertorriqueños no pensamos en estas cosas, eso pasó hace
mucho tiempo y nada se puede hacer. Somos la estrella
brillante del Caribe, el progreso. Lo importante son los
fondos federales y el nuevo restaurante de comida rápida
gourmet. Todo esto es una mierda.

Se sumaron tres patrullas más. Sánchez y Sanabria
intercambiaron una mirada. Ninguno dijo nada, pero
Sánchez entendió que el otro tenía un plan, que se había
imaginado esto hace ya mucho tiempo y, de alguna forma
desconocida por él, se había preparado.

Sintió el carro acelerar. El juego del gato y el ratón comenzaba a tomar otro giro.

jueves, 9 de agosto, 12:45 PM
San Juan

Maribel observó como todos abandonaban el banco y a la decena de patrullas al frente del edificio sin moverse de su silla, el miedo la tenía paralizada, no la dejaba comprender la realidad de todo lo que acontecía. ¿Por qué intentan arrestarla o matarla? ¿Y a plena luz del día? Ella no había hecho nada, excepto su trabajo, solamente eso, no sabía nada más, no sabía nada... excepto las fotos... *Oh, Dios mío... Quieren las fotos...*

Marrero colgó la llamada y caminó hacia ella, observó que en la otra mano cargaba su arma de reglamento y se había puesto la placa de detective colgando de la cintura del pantalón.

—María ya tiene a David Caleb y a Laura, van para un lugar seguro, estarán bien.

—Que... bueno...

—Maribel, ¿tienes alguna idea por qué están haciendo todo esto?

—No sé, no entiendo nada de lo que está pasando... todo ha sido tan rápido...

—¿En qué lío nos metió Manuel esta vez?

—Estoy segura que todo esto tiene algo que ver con el caso del suicida... Gutiérrez... Parece que alguien no quiere que se sepa lo que pasó o intentan ocultar… yo no sé nada, solamente estaba haciendo mi trabajo…

—Tienes que calmarte, necesito que me ayudes a entender, porque yo tampoco sé muy bien qué pasa, pero allá afuera hay diez patrullas buscándonos a nosotros y a Manuel ya intentaron matarlo… tiene que haber una razón de peso y tú tienes la habilidad de poner las cosas en su sitio, así que tienes que bregar…

—Luis, tampoco entiendo… pero… ok… Vamos por parte: …Gutiérrez se suicida cortándose, mejor dicho, mordiéndose las venas, y escribe con su sangre un código por toda la pared del cuartito. Manuel se da cuenta del código e imprime una foto y se la echa al bolsillo, pero nadie lo sabe. Quién sea que está detrás de esto llega al extremo de provocar un fuego en la Comandancia de San Juan para robarse unas fotos, o sea, la computadora de Sánchez, y apagar la luz para robarse la evidencia de Ciencias Forenses… Es eso lo que más me sorprende, la evidencia no apuntaba a nada en especial, fue claramente un suicidio, era claro que la sangre en las paredes era de él… solamente un viejo teléfono que tenía…

—En el culo…

—Exacto, pero que no teníamos forma de analizar, ni sacarle evidencia… Tiene que haber una razón o simplemente necesitaban saber qué tipo de evidencia había, pero, si no había nada importante y la muerte se certificó como un suicidio, ¿por qué llegar a estos extremos?

—Sánchez.

—Sí, Sánchez… descifró el código, no podía sacárselo de la mente…

—Tú estabas con él, yo no sé lo que pasó. —Marrero no dejaba de mirar afuera, de observar las patrullas. Hasta ahora nadie había salido de ellas.

—Manuel descifró el código, era una dirección de unos versos de la Biblia, no sé mucho de eso, pero a Manuel no le decía nada, realmente era como si el hombre se hubiese vuelto loco, entonces se le ocurrió que tal vez era algo específico en la Biblia de Gutiérrez, si tenía una; buscamos en el cuarto y sí había una Biblia, pero igual, era solo una página igual que las demás... hasta que se me ocurrió mirar la página contra la luz... y ahí estaba el mensaje, era un mapa o algo así, echamos la Biblia en el maletín y fuimos del cuarto. Cuando llegamos al Instituto, pudimos ver el mapa, Manuel se quedó con una copia. De lo demás me enteré hoy...

—¿Qué es lo demás?

—Manuel se fue detrás del dichoso mapa y encontró algo. Recuerdo que bromeó diciendo que a lo mejor era una caja de zapatos o un maletín lleno de dinero...

—¿Y qué encontró?

—Una fosa común con 17 osamentas... —contestó, mientras sacaba el teléfono móvil para enseñarle las fotos.

—¡¿Qué?!

—Mira.

—El muy cabrón te envía las fotos. ¿Ellos, quién sea, sabrán que tienes las fotos?

—No sé Marrero, pero él me las envió por si a él le pasaba algo, supongo. Pero no sé qué hacer con ellas, a dónde las llevo. Quién sea que está haciendo esto, tiene suficiente poder para controlar la Policía, robar evidencia, mandar a matar...

Marrero se quedó en silencio, pensativo. Caminó hacia el vidrio, se acercó y miró hacia afuera. Tomó el riesgo a consciencia de lo que hacía, pero nada pasó. Nadie disparó, nadie salió de las patrullas. Era confuso, pero le dio la idea de que esperaban por algo. ¿Instrucciones? ¿Qué salieran? ¿Atrapar a Sánchez primero? Tal vez la intensión no era atraparlos...

El cambio de tono del ruido del televisor en la sala de espera del banco donde estaba Maribel le llamó a atención.

Maribel ya se había levantado y se acercaba al aparato. Marrero se acercó a Maribel, pero le dio la espalda a la pantalla, no confiaba en las diez patrullas en el estacionamiento y no quería ser sorprendido.

Lo qué escucharon los dejó perplejos y confundidos. Las imágenes desde un helicóptero de una estación de noticias eran difíciles de creer, pero sin duda reales. Una línea de patrullas perseguía a Sánchez y Sanabria por la autopista acercándose a Ponce. El auto corría a velocidad exagerada, el centelleo de los biombos y la descripción ansiosa del telereportero convertían la escena en un frenesí. Algo sacado de película.

Maribel comenzó a temblar y a Marrero se le subió un buche agrio a la garganta. Pensó en María, en sus hijos…

—Estos cabrones hijos de la gran puta…

—¿Qué vamos a hacer?

—Tú te sientas, abres las fotos y te pones a observar, quiero que estés lista para dar una descripción profesional y científica y lo que no sepas te lo inventas. De los demás yo me encargo.

Marrero comenzó a sacar el teléfono móvil.

—¿Para qué quieres que haga eso?

—Porque se las vamos a llevar a la prensa, nuestra única salvación es que el país vea esas fotos y los que están tratando de ocultar. Se las vamos a llevar al mismo capitolio, a los periodistas esperando allí por alguna noticia. Ellos que expliquen.

—¿Cómo?

—Déjamelo a mí, tengo un plan, no sé si empeore las cosas, pero al menos en un plan. —Mientras sacaba el celular y marcaba un número con la esperanza de ser creído y que la sangre pesara más que el uniforme.

La verdadera persecución comenzó en Coamo. Sanabria manejaba su prehistórica joya mecánica como si estuviese en una serie de televisión. Sánchez, sin saber absolutamente nada de autos, excepto echar gas, por supuesto, concluyó que Sanabria debió haber modificado aquel leviatán mecánico para que corriera tan velozmente.

Hasta llegar al área de Coamo, pasando las gentiles lomas de pastizales verdes, cercas blancas y románticos equinos, el gato y el ratón se habían mantenido en fría licencia. El zumbido del helicóptero los mantenía en tensión. Pero en la salida de Santa Isabel y Coamo las patrullas encendieron los biombos. Ambos miraron por el espejo retrovisor al tiempo que la primera patrulla, la del extremo derecho aceleró acercándose demasiado a Sánchez y Sanabria. Ambos observaron como la patrulla se colocó paralelo al auto en el carril de la derecha; escucharon por el altoparlante ordenarles que se detuvieran en el paseo a la derecha. Sánchez miró a Sanabria, pensó que tal vez sería lo mejor, mucho mejor que morir atropellado en un accidente o con una bala en el cerebro. Sanabria contestó con una sonrisa burlona y sacándole el dedo del corazón.

Aceleró el carro al límite. Sánchez reaccionó, por primera vez, buscando a ciegas el cinturón de seguridad para darse cuenta que no había ya sea porque el modelo no los trajo o porque Sanabria se los había removido y optó por agarrarse de la ventanilla.

Trató de gritarle sobre el ruido del viento, el motor y el tráfico.

—Va muy rápido… ¿Qué planifica hacer? ¿Matarnos?

—¡Esta vez no van a evitar que la verdad se sepa! ¡Prepárate…!

—¿Para qué…?

Guillermo Sanabria contestó con una de sus sonrisas burlonas a oprimió un extraño botón rojo en el tablero de instrumentos… y aunque pareciera imposible, el auto aceleró aún más rápido dejando atrás la patrulla.

jueves, 9 de agosto, 1:05 PM
San Juan

Maribel brincó de la silla al ver las puertas de las patrullas abrirse. Lo que iba a pasar, iba a pasar ahora. Dio unos pasos mecánicos hacia atrás, impulsada por el miedo agolpándose en su pecho. Marrero la sujetó.

—Ya mismo llegan, tienes que ser fuerte...

—Tengo el presentimiento que no va a ser tan fácil, Luis.

—Tuviste tiempo de ver esas fotos, ¿qué descubriste?

Ambos observaron, sin separarse, como aparecían armas largas desde detrás de las puertas de las patrullas...

—Luis...

—Tranquila, concéntrate, dime lo que sabes de esas fotos, vamos...

—Eh... es una fosa común... parece que no fueron puestos todos a la misma vez, hay... mezcla de huesos en diferentes estados de descomposición, hay ropa, o sea, fibras, objetos... Sánchez fotografió una pistola, debió significar algo para él... y un radio portátil... por el modelo me atrevería a decir que... deben de tener como... no sé... treinta años o más.

—¿Alguna idea como murieron...? Sigue hablando... todo estará bien.

—Un poco difícil de decir, pero no veo marcas en los

huesos ni fracturas, excepto… Sánchez fotografió esto a propósito, tenías razón… parecen que fueron asesinados de un tiro en la parte posterior de la cabeza… como…

—¿…una ejecución?

—Exacto.

—Dios nos coja confesados… ¿En qué lio nos ha metido Manuel?

—Creo que en este lío nos metimos el segundo que recibimos la orden de trabajar el caso de Gutiérrez…

Ambos despegaron sus ojos de la pantalla del móvil al escuchar una conmoción afuera.

—Aquí están… prepárate…

—Tengo miedo, Luis… no quiero morir así…

—No vas a morir hoy, ni aquí, te lo prometo… Toma esto… Sí, por si acaso… por si acaso, me pasa algo, tú tienes que seguir y llegar… —poniéndole la pistola que cargaba en la pantorrilla en las manos temblorosas de Maribel.

Caminaron hacia la puerta, Marrero casi cargaba a Maribel, se escondieron detrás de un anuncio de préstamos hipotecarios a la derecha de la puerta; Marrero llevaba la pistola alta, Maribel cargaba la suya como si pesara un quintal. Esperaron.

Afuera, de la nada, por ambos lados de la acera aparecieron varias patrullas que se treparon sobre el manicurado jardín del banco, se abren las puertas y ocho hombres uniformados, con chalecos antibalas se cubren tras las puertas, y apuntan sus armas al banco.

—Recuerdas que mis hermanos, mis dos sobrinos mayores y un primo son policías, ¿verdad?

—Marrero, esto va a ser un baño de sangre… no nos van a dejar salir…

El móvil de Marrero vibra, suelta a Maribel y lo contesta.

—…ok… —Cuelga el teléfono, lo guarda y toma la mano de Maribel, —vamos, quieren que salgamos ahora, antes que se den cuenta de qué está pasando.

Marrero comienza a caminar, pero Maribel se resiste. Marrero le habla al oído y ella responde. Todo su cuerpo tiembla. Escuchan que desde una de las nuevas patrullas le hablan por el altoparlante, ordenándoles que salgan con las manos en alto...

Marrero se detiene en la puerta, cuenta hasta 10 y abre. En ese mismo instante los ocho policías frente a ellos se vuelven y apuntas sus armas a las otras patrullas. Marrero corre arrastrando a Maribel y ambos suben a la primera patrulla, se tiran en el asiento de atrás, escuchan las puertas cerrarse, la aceleración y el estallido de los primeros tiros...

La patrulla brinca la acera, choca momentáneamente con otro auto, acelera, se escuchan los gritos de la gente que huye, la patrulla se tambalea, parece que se va a volcar, frena, da reversa, acelera, Maribel trata de mirar, Marrero la empuja casi al piso de la patrulla justo en el momento en que una bala destroza la ventanilla, ella grita, siente que se desmaya. Finalmente, sienten que el auto acelera en línea recta dejando el ruido de las balas atrás.

Al parecer, por el momento, han escapado, pero ¿a qué precio?

El ruido de segundo helicóptero, sobrevolando a baja altitud, era ensordecedor. Entre la vibración del auto, la velocidad, el ruido de las sirenas de las patrullas y el rotor del helicóptero, Sánchez sentía sus sentidos anulados. Miraba a Sanabria que no quitaba los ojos de la carretera y su concentración le dio un poco de seguridad, si eso era posible. El auto, aunque fuera difícil de creer por su antigüedad y tamaño, sobrepasaba las 95 millas. Iba de un lado para otro, maniobrando entre los carriles y el paseo. Varias veces pareció que se volcaría al salirse del paseo y barrer el polvo seco en la orilla.

Entonces Sánchez notó que se acercaban al peaje de Salinas. Hasta ahora no habían pasado ningún obstáculo mientras eran perseguidos. Sintió un buche ácido subirle a la garganta, Sanabria no daba indicios que bajar la velocidad. Observó la gran cantidad de autos que llegaba al peaje y aunque se pagaba con el autoexpreso, siempre la gente reducía la velocidad, sin darse cuenta, comenzó a frenar con sus pies y brazos...

Y, aparentemente, él no era el único se preocupaba por la manera y velocidad en que Sanabria iba manejando porque fue exactamente en el mismo momento en que Sánchez le iba a cuestionar eso a Sanabria, que casi los alcanzó el primer balazo.

Manuel se agachó en el asiento y miró hacia atrás. Las patrullas se habían acercado sin que él se percatara. De una de las patrullas en la delantera, un oficial sacaba medio cuerpo por la ventanilla y trataba de dispararle a las ruedas para detenerlos.

Sánchez miró a Sanabria, este seguía manejando como si nada, totalmente enfocado en lo que hacía. Entendía que si una bala alcanzaba una goma, los resultados no serían muy buenos para ellos: el carro se volcaría, daría vueltas por la carretera y estallaría en una bola fuego… se lo pudo imaginar todo. Pensó que tal vez debía sacar su arma y dispararle a las patrullas o al helicóptero, como en las películas… Pero, no era una película, ni él un héroe de acción, tampoco disparaba tan bien. Considerando que iba a morir en los próximos segundos, se conformaría con ser solamente un espectador. Se quedó detrás del asiento, sentado con el cuerpo doblado a la izquierda, así podía ver hacia el frente, ver como se acercaba al momento del impacto; podía ver a Sanabria poner cara de locura mientras lo arriesgaba todo; y no perder de vista las patrullas y el helicóptero que parecían decididos a detenerlos a todo precio.

Otra bala que zumbó cerca, pero no nos alcanzó. El peaje cada vez más inminente. Ya se podían distinguir los autos, los movimientos de las personas, los colores de los semáforos y letreros. De repente, cuando ya faltaban como un kilómetro, apareció el helicóptero al frente nuestro, tratando de bajar lo suficiente como para detener nuestra marcha o sacarnos del camino. El terror me paralizó, cerré los ojos, sentí como el auto pasaba por debajo del aparato, lo sentí por el ruido y la presión del viento; Sanabria respondió acelerando más. Abrí los ojos y lo miré incrédulo, quise gritarle que se detuviera, que no valía la pena morir así, que había otras maneras de sacar a la luz la verdad, pero el pánico no me dejó decir nada, sentía que me hiperventilaba, que se me iba el aire, no podía ver bien, luché con el pánico con el mismo pánico, tal vez había algo que podía hacer para salir de aquello... pero, ¡¿qué?!

Miré otra vez a Sanabría y noté un cambio en su rostro, una nueva resolución, lo noté enfocarse más; entonces miré al frente y me di cuenta de lo que pretendía, se había despejado un carril... si alguno de los carros en los demás carriles lo notaba y cambiaba...

Pero, para mi sorpresa, cuando ya era inminente el paso por el peaje por aquel carril que milagrosamente se abrió, Sanabria apunto el auto levemente a la izquierda, pensé que intentaba chocar el último auto en la fila del carril a nuestra izquierda y suicidarse conmigo como colateral, entonces, en el último segundo, hizo otra maniobra y en vez de un choque frontal, el golpe fue de esquina, fuerte, lo que provocó que el carro se saliera del carril y girara, pasando detrás nuestro, hasta el otro carril y otro carro lo impactara. La máquina de Sanabria, de acero del viejo, ni tembló.

La estrategia resultó, Sanabria pasó sin obstáculos por el carril abierto dejando tras nuestro una apilamiento de autos que bloqueaba las patrullas.

Miré hacia atrás, vi algunas patrullas detenerse, otras, impactar otros autos y las restantes maniobrar para seguirnos. Pero, habían tenido que bajar de velocidad y eso nos acababa de dar bastante ventaja. El piloto del helicóptero debió hacer quedado sorprendido por la maniobra de Sanabria porque tuvo que elevar el aparato súbitamente para no estrellarse contra la estructura del peaje, lo vi sobrevolar y estabilizarse al otro lado, quedarse suspendido, como observando, tramando y una vez vio pasar la primera patrulla, apuntó en nuestra dirección y, como un monstruoso prehistórico rabioso, se lanzó a la caza con toda la saña posible.

Una vez pasamos el peaje, Sanabria aceleró para volver a ganar velocidad y mantener la distancia. Me tiré, literalmente, en el asiento y respiré por primera vez en el último minuto. La meta era respirar y no perder el conocimiento. Esto no se acababa, apenas se ponía peor.

Una vez recobrado el aliento, volví a mirar hacia atrás. Cuatro patrullas seguían persiguiéndonos junto al helicóptero que se mantuvo sobre ellas y no hizo esfuerzo por acercase. Sanabria llevaba bastante delantera, pero al comenzar a subir la cuesta de Salinas a Cayey, el auto, pesado al fin, perdió un poco de velocidad, pero había menos tráfico y era más fácil maniobrar.

—Pudimos haber muerto en ese peaje…

—Pero no pasó nada…

—¿Nada? Nos dispararon, el helicóptero se interpuso, chocaste con un carro, provocaste un accidente múltiple y dice que no pasa nada.

—Sabía lo que hacía, además, no iba a permitir que te pasara algo, tú tienes la evidencia.

—¡Qué bien! De alguna manera este amuleto me iba a salvar…

Volví a mirar atrás, todavía el convoy se mantenía a una distancia de dos kilómetros aproximadamente, pero estaban ganando distancia.

—¿Cuál es el plan?

—A: si no nos alcanzan y podemos escondernos, podríamos cambiar de carro en Cayey y seguir para San Juan en carreteras rurales, les tomará tiempo darse cuenta y encontrarnos… Plan B… bueno, el plan B me lo reservo por ahora.

A la izquierda, sobre los barrancos había aparecido el helicóptero del noticiario que nos había seguido en el tramo de Coamo. Noté que habíamos perdido algo de velocidad, miré a Sanabria que se notaba preocupado: habíamos llegado a un tramo de la autopista de solamente dos carriles en cada dirección y por lo tanto más congestión vehicular. Sanabria miro por el retrovisor, yo viré el cuello, los dos vimos lo mismo: las patrullas estaba ganando bastante ventaja. Sanabria miró el panel de instrumentos, le seguí la mirada, le preocupaba la gasolina, yo miré el botón rojo y supliqué, silenciosamente, que lo presionara otra vez.

De repente, sin que nos percatáramos, el helicóptero de la Policía pasa sobre nosotros, el ruido y la turbulencia causada parecían detener el tiempo, suspenderlo. Se había separado de las patrullas que todavía mantenían sus distancia, pero acercándose peligrosamente. Lo vimos sobre volar cerca de un kilómetro y sin aviso, comenzar a bajar sobre los autos que transitaban. Su intención era bloquear el camino.

Sanabria frenó y bajó la velocidad y escuchamos las bocinas de los autos con choferes que comenzaban a reaccionar a lo que veían; tiro el volante bruscamente hacia la derecha, invadiendo el carril y el paseo, barrió las ruedas, giró a la izquierda y detuvo el carro en medio de los carriles. No me dio tiempo a reaccionar. Extendió el brazo sobre mí, abrió la puerta y me empujó. Caí en el pavimento con un pie todavía dentro del auto. Me golpeó el calor de la máquina y el asfalto.

—Asegúrate de que la evidencia llegue a San Juan, llévala a los periódicos, las noticias… hay una senadora independentista, olvidé su nombre, dile que vas de mi parte, ella sabrá que hacer… hazme justicia. Hazle justicia a mi hijo.

Lo vi enderezarse para acelerar y saqué el pie justo a tiempo, me tiré de espaldas para que la puerta no me golpeara. El auto terminó el viraje y aceleró en dirección contraria, por suerte la mayoría de los autos que venían entre nosotros y las patrullas se habían movido hacia la orilla y el paseo, Sanabria tenía, prácticamente, el camino libre.

Soy sincero, no entendí sus intenciones, todo ocurrió tan rápido… el viraje abrupto, el tirarme del carro, me habla y acelera. Lo que hacía no tenía ningún sentido…

Pero, no tuve tiempo de reaccionar, el helicóptero estaba casi sobre mí cuando comenzaron a disparar, las balas causando chispas al impactar el asfalto, me levanté por instinto, corrí hacia el aparato con el propósito de pasarle por debajo y evitar ser el blanco de los tiros, pero seguí girando sin darme oportunidad. Cambié de dirección para que no pudieran predecir mi rumbo y me metí entre los carros detenidos, la gente, al escuchar los disparos comenzaba a correr en todas direcciones.

Una vez más comenzaron las ráfagas de tiros a mi alrededor, rompían vidrios y llantas. Corría cubriéndome la cabeza con las manos, sabía que en cualquier momento una bala me alcanzaría...

Entonces ocurrió la explosión.

Escuché el ruido primero, tan fuerte que enmudeció el rotor del helicóptero; me detuve de la impresión, vi la enorme bola de fuego y entonces me golpeó la ola expansiva de aire hirviente y caí de espaldas empujado por la presión. Levanté el torso para ver de dónde y qué había causado la explosión, entonces vi al helicóptero tratando de no perder estabilidad, pasando dos veces sobre mí y elevarse. Enfoqué la vista, la gente corría en todas direcciones, algunos sangrando de heridas, sin zapatos, gritando...

Entonces comprendí... S a n a b r i a... el hijo de la gran puta había estrellado su auto contra las patrullas, debió tenerlo lleno de explosivos... esas eran las cajas en el baúl, por eso los asientos eran diferentes. Toda una sección del puente había colapsado, una decena de carros, todas las patrullas y otros más, todos eran chatarra ardiente.

En medio de toda la confusión cerré los ojos, sentí que me asfixiaba y me deje caer en el pavimento... lo último que vi fue el Monumento al Gíbaro Puertorriqueño envuelta en humo negro y gritos de desesperación mientras sentía unos brazos que lo levantaban.

Y todo había transcurrido como lo previno. Ahora le tocaba dar el estacazo final.

Jorge Palacios observó desde la butaca como colapsaba el mundo para Aurelio. Lo vio derrumbarse en su escritorio, atónito, mudo, pálido y temblando. Se veía más viejo que nunca, enjuto, se le acentuaban más las arrugas maquilladas, las raíces despintadas, la pavada moquillenta. Sintió pena.

Lo había visto todo en directo, cual película de acción, como todo el plan para detener al agente Sánchez y a viejo enemigo Sanabria se venía al piso. No se lo puedo haber imaginado mejor. La persecución, el accidente en el peaje, los tiroteos, la explosión en el Monumento al Gíbaro... todo en directo y a todo color. Bravo.

Sanabria muerto y Sánchez desaparecido. Igual había pasado con los otros dos testigos, huyeron, supone, camino a algún periódico.

Ahora le tocaba a él ponerle punto final a todo este melodrama.

Palacios se levantó, se movió hasta el buró en la pared de la derecha donde sabía que Aurelio mantenía ilegalmente una botella de *Whiskey* y dos vasos, lo sacó y le sirvió un trago. Se acercó al escritorio y dejó cerca de su mano.

—Aurelio, viejo amigo, no todo está perdido... Date un trago, te aliviará. Recuerda que para los hombres de poder como nosotros nada es final... hasta que sea final. Bebe.

—Jorge... Es mejor que te vayas... —Tomando el vaso y llevándolo a su boca.

—Y dejarte solo en un momento tan inoportuno como este...

—Te quedas para disfrutarte mi destrucción...

—Cómo puedes pensar semejante cosa, somos viejos amigos, tenemos nuestras diferencias, pero sabemos bien jugar este juego...

—Jejejeje, se me olvidaba, estás en el mismo bote que yo...

—Fíjate que no, no estamos en el mismo bote.

—Cuando la prensa se entere de la verdad, lo habremos perdido todo, Jorge, todo. Van a saber la verdad y nosotros vamos presos...

—Eso depende de qué verdad se enteren. Por ejemplo, se enterarán de que tú y Juan Pablo eran los líderes del famoso Escuadrón de la Muerte, que han comprado el silencio de muchos de sangre azul para escalar los peldaños de la política partidista. Se enterarán que hay diecisiete osamentas de los jóvenes universitarios que ejecutaron a sangre fría y enterraron en una finca que de casualidad pertenece a tu familia. Se enterarán de las alianzas, los fraudes, las putas, las drogas... Sanabria lo tenía todo y de seguro el tal Sánchez debe de estar de camino a San Juan, herido tal vez, arrastrándose con una cruzada ética para traer la verdad...

—Yo y Juan Pablo...

—El burro al frente...

—Hijo de la gran puta... ¿y tú qué? Crees que vas a salir limpio de esto... Te vas a hundir con nosotros, te vas... a pudrir en la cárcel conmigo, te lo gritaré... todos los días hasta... mi muerte: ¡hijo de puta! ¡Asesino! Porque... tú... eras peor que nosotros... tú los engañabas, mentías... te hacías... pasar por uno de ellos... hasta llorabas... y pedías perdón... de rodillas... frente al... hoyo, los engañabas... hasta el final... eres... más... caa.... brrón que... nosso...troos...

—No Aurelio, no iré a la cárcel, —mientras se ponía unos guantes de cuero— no iré a la cárcel porque, si bien recuerdas, no hay un solo documento que tenga mi nombre, jamás permití que se utilizara, mi seudónimo en los informes era Su Excelencia, ¿recuerdas? Las únicas dos personas que sabían mi identidad eran Juan Pablo y tú. Juan Pablo está muerto... y en unos minutos tú también los estarás. Morirás por tu propia mano abrumado, desesperado por la vergüenza y la humillación.

—...

—En el trago había una neurotoxina, te irá paralizando, pero quedarás consciente hasta el último minuto. Ser Superintendente de la Policía tiene sus beneficios. Solamente un estudio toxicológico riguroso de esos de laboratorios especializados en el extranjero lo podría detectar, pero para qué, si vas a tener un roto en la cabeza...

Aurelio, paralizado, casi se cae de la silla y Jorge Palacios se mueve rápido, lo acomoda mejor para que no se caiga, abre la gaveta del escritorio, saca la caja de seguridad, la abre con la llave que está en el pequeño joyero de madera sobre el escritorio y saca el arma. *Smith Wesson* Especial, de colección. Que apropiado.

—Sabes, llevaba diez años preparándome para esto. Sabía que Juan Pablo se vengaría después de lo que le hiciste. Sabía que vendría por venganza. Así que puse las piezas en su sitio; permití que Sanabria recibiera información de aquí y de allá, con cuidado para no se diera cuenta; me senté a observar y esperar. El tiempo pasa; tú, para protegerte y mantenerme cerca, logras darme la silla de la Policía y la última pieza cae en mis manos. La noche que Juan Pablo se suicidó, yo fui el primero en saberlo. Estaba loco y lo tenía bien vigilado. Supe que te llamó a ti y a Sanabria, sabía que había dejado un mapa y esa misma noche fui yo quien ordenó la maldita fosa abierta para contar los huesos, quería asegurarme que todavía estaban allí.

Jorge Palacios se colocó detrás de la enorme silla de Aurelio, tomó el arma y la puso en la mano derecha del hombre comatoso, puso el dedo en el gatillo, lo pilló con el suyo, levanto la cabeza por el pelo grasiento dejando una estela de baba en el escritorio…

—El plan es este, Aurelio, quiero que se sepa toda la verdad, la verdad de lo que ustedes hicieron, la quiero abierta, en los periódicos, en los noticiarios, en boca de todos, en los libros de historia porque así enterraré mis secretos hasta el día que llegue a mi propia tumba. Será la carcajada final. Fui más listo que todos ustedes. Fui más listo que todo este país de mierda.

Jorge Palacios llevó el arma hasta la sien derecha de Aurelio de Gracias y apretó el gatillo.

jueves, 9 de agosto, 1:53 PM
Cayey

El leve sonidos de las olas... siento el agua acariciar mi piel, está tibia... la arena está tibia. Escucho las risas de la gente, de los niños que corren, la música lejana... Siento la brisa salada y fresca en mi cara, como alborota mis rizos, veo el azul del cielo, las nubes como algodones flotando... Tengo esta bola en mis manos, que tiro, sonriendo... Veo a mi abuelo sonreír, lo veo ponerse la camiseta y correr tras la bola que he tirado, la recoge, se acerca, me la pone en mis manos y me levanta, me tira en el aire, me atrapa al caer, me hace cosquillas en la barriga, me río a carcajadas, carcajadas de niño, carcajadas puras, carcajadas libres, carcajadas seguras...

—Sánchez, despierte... Sánchez, vamos, tiene que levantarse...

—Mmmm...

—Vamos, Sánchez, lo necesito despierto... consciente... ¡Sánchez!

El Teniente Rodríguez sacudió a Manuel. Nada. Miró por el espejo retrovisor, miró alrededor. Se encontraba estacionado detrás de un restaurante abandonado en la carretera 1. En la confusión de la explosión, nadie los siguió, pero era imposible estar seguro de que no los encontraran.

No confiaba en nadie, todo eran incierto y posible.

Necesitaba que Sánchez despertara. Le habían contado de los desmayos, ataques de pánico y excentricidades de este hombre, pero nunca lo había observado en persona. Su sola presencia en la oficina, en la Comandancia le hacía sentir incómodo, no sabía qué hacer con él. Pero no podía negar su extraordinaria habilidad para resolver casos.

—¡Sánchez! ¡Despierte!

Entonces, como si nada, Manuel se sentó, muy derecho en el asiento, como en un trance. A Rodríguez se le helaron los huesos.

—¡Oooohh! ¡Coño! Que susto. ¿Qué carajo le pasaba?

—¿Dónde estamos? ¿Cómo llegamos aquí? ¿Qué hace aquí?

—Ah… estamos casi llegando a Caguas por la carretera 1, ahora mismo escondidos detrás de un restaurante abandonado… Llegamos aquí en carro, como puede ver, lo recogí de la autopista en medio de la confusión de la explosión, que la vi y que me va a tener que explicar…

—¿Qué pasó con su historia de hace 15 años atrás…?

—No sea sarcástico…

—¿En verdad quiere saber sobre la explosión, la persecución y lo que encontré?

—Pensándolo bien, mejor no. Es mejor que sepa lo menos posible…

—No le conviene, créame, le puede buscar problemas con gente muy poderosa. Mejor es que me baje del carro ahora, será peor si lo ven conmigo.

—No sea pendejo, sé lo riesgos que tomo y no lo voy a dejar abandonado aquí. Dígame dónde quiere que lo lleve… no es para tanto.

—Déjeme pensar… Lo último que me dijo Guillermo Sanabria…

—¿El de las noticias de antes…?

—Sí… dijo: «hay una senadora independentista, olvidé

su nombre, dile que vas de mi parte, ella sabrá que hacer...»

—Teresita Johnson...

—¿Teresita Johnson? Nunca escuché hablar de ella... ¿Americana?

—No... estoy seguro que usted se pierde muchas cosas... viviendo en esa otra dimensión...

—Sin sarcasmo, Rodríguez, ¿qué le hizo llegar hasta Salinas a salvarme?

—La verdad, Sánchez, no sé... bueno, sé cosas que usted no sabe... cuando vi las noticias me puse a atar cabos... y la conclusión a la que llegué me hizo levantarme, salir de la oficina y ver si podía hacer algo... esa es toda la explicación que le daré...

—La ética...

—La ética... con la ética me limpio el culo... tal vez soy un pendejo que trata de limpiar su consciencia.

—Al menos tiene consciencia. Entonces, ¿me puede llevar al Capitolio?

—Puedo hacer más, soy Teniente del Cuerpo de Investigaciones Criminales de San Juan, le puedo abrir la puerta de Teresita Johnson.

Rodríguez sacó su teléfono y marco.

—Teniendo Rodríguez, CIC de San Juan, necesito comunicación directa a la oficina de la Senadora Johnson... Claro, gracias... Sí, buenas tardes, habla el Teniendo Rodríguez, Cuerpo de Investigaciones Criminales de San Juan, tengo una información de vital importancia para la Senadora... No, es para sus oídos solamente, es un asunto oficial de un caso... Claro, espero... Sí, Senadora, Teniendo Rodríguez, Cuerpo de Investigaciones Criminales de San Juan, gracias por atenderme, le voy a pasar el teléfono a uno de mis agente, le sugiero que le preste mucha atención, tiene información muy importante... y por favor, olvide que fui yo quien la llamó...

• • •

Teresa Johnson salió de la pequeña sala de conferencias con un terrible dolor de cabeza. Había sido un largo día de reuniones con las personas más intransigentes. Su P.S.401 para enmendar la Carta Orgánica del Departamento de Educación para integrar la perspectiva de etnicidad, procedencia social y de género en el currículo tenía a medio país alborotado, todo por lo de «género». Especialmente del sector religioso. Llegan con arrogancia, con sus Biblias en la mano, con su machismo, con la blancura que ofrece el dinero de los feligreses y los negocios libres de impuestos. ¿Y se preguntan porque es necesario un proyecto de ley que «cambie la fibra moral de nuestro país de tradiciones y valores cristianos»? Mucho hace para que no se le salga lo de mujer negra y pobre de Loíza. Qué mucha ignorancia y miedo. Hay veces en que piensa que los verdaderos enemigos de la nación no son los Estados Unidos, ni la CIA o FBI; son la ignorancia y el miedo. Están llegando a niveles endémicos.

Necesitaba un vaso grande de agua fría y unas aspirinas. Necesitaba también un masaje de José, su marido, pero tendría que esperar que regresara de su viaje de negocios a Caracas. No se percató de la conmoción en los pasillos, la gente que caminaba de un lado a otro, los empleados reunidos frente a las puertas comentando, llorosos.

Entró a su oficina y encontró a todo el personal reunido en la recepción frente al televisor. Al verla, le hicieron espacio para pasar y pudo ver las imágenes de una explosión en la autopista que se repetían en la pantalla…

—¿Qué pasó?

—Teresa, no te interrumpimos, porque tus instrucciones fueron claras… Pero, hubo una persecución en la autopista de un policía y ese señor que te he escuchado mencionar, Guillermo Sanabria, y hubo una explosión en el Monumento al Gíbaro, parece que ambos murieron...

—Pero, ¿cómo...?

—Hay más... y esto es peor...

Las imágenes en el aparato cambiaron y un reportero anunciaba algo, que no puedo escuchar bien, en directo desde el Capitolio.

—¿Peor?

—Aparentemente de Gracias se suicidó en su oficina...

—¡¿Aquí... en el Capitolio?!

—Sí... Nadie sabe mucho, todo ha sido un correcorre...

Teresa sintió el momento exacto en que el dolor de cabeza comenzó a convertirse en una migraña. ¿Qué pudo causar una cosa así? Primero, ¿Guillermo Sanabria? Ese señor envió varias cartas alegando tener evidencia de quiénes asesinaron a su hijo independentista en el 1973, le había aceptado una llamada de teléfono y lo había escuchado genuinamente, pero el hombre no quería seguir los canales correspondientes... ¿Y la muerte de Aurelio de Gracias? Lo consideraba uno lastra política, una cucaracha sobre una pila de mierda, pero era un político poderoso, muy poderoso, arrogante y demagogo, pero poderoso... El lunes aparece muerto Juan Pablo Gutiérrez... suicidio también... ¿Habrá alguna relación entre esas dos muertes...? Las consecuencias de todo esto... Escuchó el timbre del teléfono, observó, sin dejar de mirar la pantalla, a una de las asesoras moverse y contestar, escuchar algo y mirarla, oprimir el botón de espera...

—Senadora... Tengo una persona en línea que dice ser el Teniente Rodríguez del CIC de San Juan y que tiene una información muy importante sobre un caso, pero se dirá solamente a usted.

Teresa pensó en pedirle que dejara mensaje y que le devolvería la llamada y quedarse viendo las noticias. Todo el mundo tenía información importante, todos los casos eran importantes, había hasta tonterías, chismes importantes...

El instinto la hizo moverse a contestar la llamada.

—Teresa Johnson, ¿en qué le puedo servir?

— Senadora, Teniendo Rodríguez, Cuerpo de Investigaciones Criminales de San Juan, gracias por atenderme, le voy a pasar el teléfono a uno de mis agente, le sugiero que le preste mucha atención, tiene información muy importante... y por favor, olvide que fui yo quien la llamó... *Tome el teléfono, explíquele y trate de no sonar como un demente... Voy a dar una vuelta y a mear, no quiero escuchar, me avisa cuando termine...*

—*Gracias, Teniente...* Senadora... Mi nombre es Manuel Sánchez, agente de CIC en San Juan. Lo que le voy a contar es real, cierto... Si vio en la televisión la explosión en la autopista... Ese fue Guillermo Sanabria, el de las noticias de antes...antes de estrellar y explotar el carro contra las patrullas que nos venían persiguiendo desde Cabo Rojo me entregó una memoria USB y me indicó que se la entregara a usted, que sabría qué hacer con ella...

—Sé quién es Guillermo Sanabria, conozco su caso, acabo de ver la explosión en la televisión... Dígame, ¿de qué trata esa evidencia? ¿Usted la vio? ¿Por qué los venían persiguiendo desde Cabo Rojo?

—No sé exactamente lo que hay en la memoria, pero le puedo adelantar algo: según él, la evidencia ata directamente a Juan Pablo Gutiérrez, Aurelio de Gracias y Jorge Palacios con la muerte de los diecisiete jóvenes enterrados en Cabo Rojo en la fosa común y que yo acabo de ver hoy con mis propios ojos...

—¿Cómo...? *Apaguen el televisor un momento... Juan, cierra la puerta con seguro, todos a la sala de conferencias...* Voy a transferir esta llamada a la sala de conferencias...

—Senadora, no creo que sea lo más recomendable por ahora, hablaré solamente con usted... y no creo que debamos de hacer por teléfono... desde que Gutiérrez se suicidó me han tratado de matar... a mí y a los que saben del caso… temo por mi vida…

—¿Está el Teniente todavía con usted? Póngalo al teléfono, por favor.

—*¡Teniente…! ¡Rodríguez…! Quiere hablar con usted…* Ahora se lo pongo.

—Sí, dígame…

—Teniente, entiendo su… renuencia a verse mezclado en todo este asunto, pero necesito un último favor suyo. Necesito que este hombre llegue sano y salvo al Capitolio y de forma discreta.

—Supongo que puedo hacer eso.

—Su identidad será siempre protegida. Salgan para acá, en unos minutos alguien los va a llamar para coordinar el encuentro. Gracias a nombre del país.

—No le digo, Sánchez, —mientras colgaba la llamada— lo que dicen en la Comandancia es cierto: usted lo único que trae son problemas.

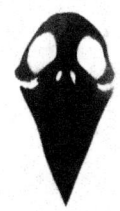

Maribel solamente quería despertar de la pesadilla. Necesitaba un baño, estaba llena de vidrio y sangre; comer algo reconfortante y dormir... dormir en su cama, junto a Laura, en su hogar, volver a sentirse segura.

Después de huir del banco y ser perseguidos por todo San Juan, Pedro, el hermano de Marrero, había logrado escabullirse, cambiar de carro y llegar a Puerta de Tierra. Ahora se escondían en el sótano de un solitario estacionamiento multipisos esperando a Manuel. Marrero descansaba a su lado, con los ojos cerrados; ella, ni eso podía.

Escuchó el eco de pasos en la caverna de concreto y volvió a paralizarla el miedo.

—Marrero... Luis, alguien viene. Mira a ver quién es.

—Voy... —sacando el arma y bajándose del auto lentamente.— Es Manuel...

Maribel se bajó del carro tan rápido como pudo y se paró, mirando a todos lados, cerca del auto. Manuel caminaba lento, cansado. Estaba sucio, sin una manga de la camisa. Maribel caminó a encontrarlo, le echó el brazo y lo ayudo a caminar hasta el carro. Marrero se quedó arma en ambas manos mirando a todos lados se la vía y las escaleras.

—Ugggg, estás sucia y ensangrentada, no sabía que a las lesbianas le gustaba el sexo tan rudo.

—¿Cómo puedes bromear ahora? Tú tampoco te ves bien.

—Marrero.

—Sánchez.

—Está molesto contigo…

—Ya mismo se le pasa…

—No empiecen ustedes dos… y métanse al carro, no es seguro aquí afuera…

—No, esperen, ya deben de estar por llegar, quiero salir de esto lo antes posible.

—¿Qué vas a hacer?

—Le vamos a entregar la evidencia y las fotos a la Senadora Johnson y nos vamos. No hay nada más que podamos hacer.

—Manuel, nos estaban buscando para matarnos, ¿crees que nos van a dejar salir de aquí? ¿Seguir nuestras vidas como si nada?

—Lo creo, Aurelio de Gracias está muerto, según entiendo, todo esto de la vigilancia, el robo de evidencia y los intentos de asesinato estaban ordenados por él… Además, cuando salga esta evidencia rodarán muchas cabezas, comenzando por el Superintendente, creo que ni se acordarán que existimos. La Senadora está de acuerdo en no mencionar nuestros nombres, a menos que ustedes quieran…

—¡No! Solo quiero irme a casa y olvidar todo esto.

—¿David…?

—María, los nenes, David y Laura están seguros. A tu casa se metió un hombre armado y David lo despachó como lechó de Navidad…

—Es una máquina de matar muy eficiente…

—¡Por Dios, Manuel, no digas eso!

—Cuando salgamos de aquí debemos ir a comernos algo, hacía tiempo que no sentía tanta hambre.

—Cuando salgamos de aquí yo voy para el hospital...

—Uno de sus hermanos cogió un balazo en una mano y el sobrino tiene una pierna rota de un cantazo que le dio una patrulla...

—Ahí viene la Senadora... —señaló Marrero— O asesinos a sueldo del Senado.

—Prepárense. —Sánchez sacó La Lola del bolsillo.

El carro se detuvo como a tres metros y un hombre sacó medio cuerpo por la puerta abierta del pasajero.

—¿Quién de ustedes es el agente Manuel Sánchez?

—¿Quién quiere saber?

Se abre otra puerta y se baja una mujer negra, estatura promedio, sólida, con paso seguro, sobre todo elegante y con voz firme.

—Teresa Johnson, un placer y lamento que sea en estas circunstancias...

—Marrero, mi compañero de trabajo y García, técnica Forense del Instituto...

—Mucho gusto, créanme cuando les digo que si la información que tienen es cierta y la evidencia, buena, el país tendrá una deuda con ustedes.

—El país no nos deberá nada. Si hago esto es para que nos dejen vivir en paz. Sanabria buscaba venganza o justicia, a veces es lo mismo, para su hijo...

—Esto cambiará la historia política de Puerto Rico...

—Cambiará lo que digan los libros de Historia, ya esto no hay quién lo salve. Mire lo que pasó en Maravilla, ¿Hemos mejorado algo? ¿Cómo elegimos a nuestros gobernantes? ¿Derechos humanos? ¿Política pública? ¿El maldito Status? Seguimos siendo una colonia periferia, un estado policiaco de corrupción y fraude.

—Lamento que piense así, aunque en parte tiene razón...

—¿Trajo la computadora como le pedí?

—Sí... Juan.

El hombre que había sacado medio cuerpo del auto se

acercó con una laptop, la puso sobre el auto, la abrió y comenzó a conectarle cables lectores. Manuel se acercó sacando del cuello la cadena de plata con la memoria USB y la cámara del bolsillo. Maribel le pasó su teléfono.

—Quiero que haga una copia del archivo de Sanabria, de las fotos y nos devuelvan los aparatos. Yo guardaré esta memoria, por si acaso.

—Maribel, ¿por qué no le explicas a la Senadora lo que observaste en las fotos? —dijo Marrero.

—Este... es una fosa común, no todos las osamentas están al mismo nivel, parece que fueron varios enterramientos, pero cercanos unos a los otros; por lo que puedo observar, algunos murieron de un tiro en la parte posterior de la cabeza... algunos tenían las manos atadas... Por los objetos que Sánchez fotografió podría estimar, así a ojo, que deben de tener como unos 30 a 40 años... Usted realmente necesita un equipo forense o mejor, arqueológico que sepa preservar la escena e interpretarla.

—Gracias, gracias por lo que han hecho, aunque ustedes crean que no vale la pena, sí vale. Les prometo que se hará justicia.

Juan, el acompañante de la Senadora, devolvió los aparatos a Maribel y Manuel.

—Ahora está en sus manos, yo cumplí con la promesa que hice. Quiero que recuerde que quién fuera que estaba detrás de todo esto robó evidencia, atacó e intento asesinar a empleados de gobierno, incluyendo oficiales de la policía que están hospitalizados, amenazaron nuestras familias, invadieron mi hogar, amenazaron y gastaron miles de fondos públicos en vigilancia y una persecución para ocultar todo eso.

—Todo será investigado y no se preocupe, protegeremos su identidad hasta donde sea posible.

—Una última cosa: Sanabria habló de un encubierto de quien nunca se supo la identidad. La noche que Gutiérrez se suicidó llamó a Sanabria y le confesó que *Su Excelencia* era realmente Jorge Palacios.

—Los tres asesinos alcanzaron las más altas esferas del poder. Ahora entiendo el porqué de su opinión. Vayan tranquilos, pero alertas. Nosotros nos encargamos ahora.

• • •

La isla completa y las poblaciones en la diáspora se paralizaron a las cinco de la tarde. Cada canal de televisión local, nacional e internacional reseñaba el escándalo político a lo Guerra Fría que sacudía la clase política de la colonia estadounidense en el Caribe. Dos presidentes del Senado muertos, dieciséis policías muertos, 23 civiles muertos y heridos, varios desaparecidos, el Superintendente de la Policía arrestado y una fosa común abierta con los restos de diecisiete jóvenes desaparecidos en la década de los 1970.

La gente se sentaba perpleja frente a los televisores en sus casas, negocios, cafeterías. Las redes sociales se inundaron de comentarios, discusiones, memes políticos. El video del arresto del Superintendente de la Policía en que trataba de desarmar a un oficial y disparar se fue viral en el Internet. Las fotos del cadáver de Aurelio de Gracias en su oficina en el Capitolio fueron infiltradas a la prensa y un periódico las mostró en su edición digital que colapsó por la demanda.

La clase política del país parecía no encontrarle la cabeza y la cola a la bestia. Nadie estaba preparado. La demagogia le sirvió poco al partido en el poder. El daño era demasiado grande. La oposición hizo su agosto condenando los eventos, los expertos en la televisión competían por brillar y sobresalir; los sobrevivientes del carpeteo recibían en bandeja de plata sus 15 minutos de fama, el tema de los presos políticos fue forzado.

El Gobernador prometió transparencia en la investigación y la creación de una comisión para investigar los eventos, pero nadie parecía creerle. Escenificó una trifurca con un periodista que sugirió con una pregunta que él sabía algo, que era parte de la conspiración. En el Capitolio hubo gritos, acusaciones, palabras soeces, amenazas. Tres senadores y dos representantes del partido, de los de más antigüedad, renunciaron al verse embarrados por alegatos de complicidad y corrupción.

Sendas protestas se formaron frente al Capitolio y la sede de la Policía. Hubo que cerrar la calle frente al Edificio Federal en Hato Rey. En la Universidad de Puerto Rico en Río Piedras hubo motines y pedradas y golpes. Los estudiantes exigían saber si los ejecutados eran estudiantes cuando fueron reclutados. Hubo que reforzar la seguridad en las instalaciones de la ROTC.

La Comisión de Derechos Humanos, Amnistía Internacional, el Departamento de Justicia, el FBI, el Arzobispado de San Juan, el Colegio de Abogados; todos celebraron conferencias de prensa expresándose sobre los eventos, haciendo leña del árbol caído y tratando de no ser salpicados.

El Instituto de Ciencias Forenses de inmediato tomó control del área de la fosa común justo cuando comenzaban a llegar periodistas y curiosos y lograron proteger la integridad de le escena. El Instituto de Cultura Puertorriqueña, la Universidad de Puerto Rico y el Centro de Estudios Avanzados de Puerto Rico y el Caribe enviaron a sus arqueólogos.

Esa noche del jueves 9 de agosto el país se acostó muy tarde. No hubo asesinatos, ni accidentes de tránsito, las tiendas por departamentos, los cines, los centros comerciales estaban vacíos. Los ciudadanos se acostaron a dormir con diferentes grados de entendimiento de una nueva realidad. Durará poco, por supuesto. Muy poco.

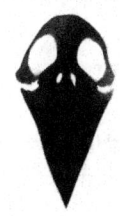

Manuel escuchó al perro ladrar de alegría y a David Caleb llamar su nombre. Se encontró con ellos en medio de la sala. David le dio un abrazo incómodo para él y el perro le dio con el rabo en las piernas varias veces mientras giraba a su alrededor, en microsegundos ambos iban corriendo hacia el patio. Manuel salió hasta el balcón y saludó con las manos a María que toco la bocina en reconocimiento.

Después de entregarle la evidencia a la Senadora, los tres se marcharon de aquella tumba de concreto. El cansancio pudo más que los nervios. Ni Sánchez ni Maribel quisieron ir al hospital. Marrero llevó a Manuel y ambos entraron, armas en mano, a la casa abierta. El hombre que David Caleb había confrontado de alguna forma había huido dejando de evidencia un charco de sangre que tendría que limpiar.

Marrero se marchó y decidió darse un baño, limpiarse bien el rasguño de la bala y ponerse vendas. Tenía moretones en la espalda, pecho y piernas. Sentía como el helicóptero de la Policía le hubiese realmente caído encima.

El carro de Maritza tendría que buscarlo en grúa a Cabo Rojo, así que tomó un taxi hasta el *Walmart* en Santurce porque no iba a dormir o al menos pasar la noche con la cerradura de la puerta de atrás rota. Además, necesitaba algo para limpiar esa sangre antes que David Caleb y Oreo regresaran en la mañana.

Pasó la noche descansando, comenzando a sentir los dolores en el cuerpo. No durmió mucho. Pensó en la conversación inevitable que tendría que tener con el muchacho. Había decisiones que tomar. Sentimientos y emociones que aclarar.

—David, ¿Qué quieres almorzar?

—No tengo tanta hambre ahora.

Oreo seguía en su intento de alcanzar el juguete peludo que David levantaba. Me senté en el escalón, abrí la lata de Soda y me quedó observándolos. La forma en que corría y sonreía mientras jugaba con el perro no delataba ningún conflicto con lo que había sucedido ayer. A él eso le parecía difícil de creer.

David le dio una gran carrera a Oreo que por fin había logrado quitar el juguete y pretendía entonces que David se lo quitara a él. Dieron dos vueltas al patio y David llegó hasta mi lado y se tiró en la vieja silla plástica. El cachorro le brincó encima. Ya estaba bastante recuperado, podía correr y brincar cada día más.

—Necesitamos hablar, David.

—¿De lo de ayer?

—Entre otras cosas…

—Yo estoy bien.

—Eso parece o tal vez no. Tal vez estás evitando pensar, sentir o hablar… Casi matas a un hombre…

—Qué se metió en nuestra casa con una pistola…

Nuestra…

—Pero, no lo maté, pude si hubiese querido.

—Si quiero hablar contigo sobre eso no es para juzgar si hiciste bien o mal; es para saber cómo te sientes, qué te causó... A veces las personas escondemos lo que sentimos y eso nos puede hacer daño.

—Bueno, lo único que recuerdo así como algo raro fue que cuando estaba sucediendo de momento me recordaba de cosas y me sentía como si no estuviese aquí, no sé explicar muy bien...

—Sí, te entiendo...

—Como si no fuera yo... y pude haberlo matado, sentí las ganas de decir enterrando el cuchillo, pero... de momento así volvía a ver la cara de Oreo y eso me hacía volver... lo importante era salir, salvarlo.

—Y ahora, ¿cómo te sientes?

—Bien... contento que no te pasó nada y estamos aquí con Oreo.

—Eso es otra cosa que quiera hablar contigo... Cuando apareciste, y nunca has dicho qué pasó en esos tres días, tu doctor me pidió que te dejara aquí unos días a ver como reaccionabas, como te sentías. No se puede negar que todos estamos sorprendidos porque el David que está hablando conmigo ahora no es el mismo David del hospital.

—Me gusta estar aquí...

—¿Por qué?

—Ahhh... Me gusta la casa... me gusta el perro... me gusta ir a casa de Marrero...

—Ajá, ¿qué más?

—Me siento seguro cuando tú estás cerca... es como... esta tranquilidad... como si no hubiese que decir nada porque tú entiendes.

—¿Qué quieres hacer?

—¿Sobre?

—¿Dónde vivir?, ¿dónde estar?

—Vivir aquí contigo... para siempre...

—Para siempre es mucho tiempo, tienes diecisiete años, tienes que terminar el cuarto año, estudiar una carrera...

—Quiero ser policía, igual que tú...

—¿Policía? No sabes lo que dices...

—No estoy loco, sé lo que digo...

—Eso no fue lo que quise decir. Supongo que podemos hablar de eso cuando llegue el momento.

El cachorro se cansó de estar sobre la falda de David y se bajó. Tal vez tenía calor. Bebió agua y buscó una esquina de sombra y se acostó sobre la hierba fresca.

—¿Tu esposa Maritza va a regresar?

—¿Maritza? ¿A Puerto Rico? Supongo que sí, puede regresar en cualquier momento. Si te refieres a que si vuelve a vivir aquí a esta casa y conmigo, pues lo dudo. Nos estamos divorciando, ella está haciendo una vida muy lejos de aquí, en Londres con buen trabajo.

—Y tú, ¿te vas a volver a casar?

—¿Con una mujer? —La pregunta le hizo reír— No David, lo dudo mucho. Pero ahí estás trayendo otro tema del que hay que hablar, no sé si ahora...

—Luis, el hijo grande de Marrero, dice que eres gay de clóset y todos están esperando que lo aceptes, busques un novio y te cases...

—¡¿Qué?! Luisito dijo eso... qué atrevido.

—¿Tú eres gay, Manuel?

—¿Tú entiendes lo que es eso?

—María me explicó. A veces hay hombres que le gustan las mujeres y mujeres que le gustan los hombres; pero también hay hombre que solamente le gustan los hombres y mujeres que le gustan las mujeres, como Mayra y Laura; y a otros que le gusta cualquier cosa.

—María dijo todo eso... Oh. Me ahorro bastante trabajo... Mira, David, yo siempre he sentido atracción por los hombres y llegue a enamorarme de un amigo cuando era joven, pero... el miedo a mi padre, a lo que la gente dijera, a las burlas, pues, decidí callarlo y me casé... Además, había cosas que no entendía bien en ese tiempo que ahora entiendo mejor. No sé exactamente si debo de decir que soy gay, tal vez sea mejor decir que estoy descubriendo quién soy y eso toma tiempo...

—Luisito me pregunto si yo era gay...

—¿Y qué le dijiste?

—Que no sabía, pero después que María me explicó, me quedé... no sé...

—¿Con dudas?

—¿Yo me puedo poner gay por las cosas que me hicieron?

—No, David, eso son dos cosas diferentes y no tienen nada que ver, eso no se aprende, eso es parte de lo que uno es y punto. ¿Los hijos de Marrero te dijeron algo?

—No, ellos no, ellos no me molestan, pero en la escuela... me decían cosas.

—Ser heterosexual, gay o lo que sea, es parte de tu persona, una parte, es a qué te sientes atraído y todos los seres humanos se sienten atraídos a alguien... Lo que te hicieron a ti fue violencia, violencia contra alguien que no podía decidir ni decir que no, el sexo fue lo que usaron, realmente era sobre poder, tener poder sobre alguien indefenso. Una cosa no tiene que ver con la otra.

—¿Te puedo preguntar algo?

—Claro, David, lo que quieras. Prometo siempre decir la verdad.

—A ti te hicieron lo mismo que a mí.

—Se me hace muy difícil hablar de eso, David, me cuesta, pero la verdad es que sí, las cosas se dicen como son, fui abusado sexualmente, y me ha afectado toda la vida. Yo admiro mucho lo que hiciste para defender a tus hermanos, para vengarte, como testificaste contra todos. Yo, nunca pude, como te dije, todavía me cuesta hasta hablar de eso.

—¿Tú piensas que yo soy gay también?

—Nadie piensa eso por otra persona, no sé, eso es algo que tú tienes de descubrir y decidir. A mí me da igual.

—Ok.

—Ok. Mañana vamos a buscar el carro a Cabo Rojo, nos vamos temprano.

—¿Oreo puede ir?

—Te toca preguntarle a Marrero y María, el carro es de ellos.

—Van a decir que sí, lo sé...

—Y otra cosa, no sé si te recuerdas o lo sabes, pero cumples 18 años el mes que viene, ¿Qué te gustaría hacer para tu cumpleaños?

—No sé, nunca he tenido un cumpleaños.

—Pues, déjame preguntarte de otra manera, ¿hay algo especial que desees hacer? ¿Algún lugar? ¿Algo que hayas visto?

—*Disney.*

—¿En serio?

—Sí.

—Pues, *Disney* será entonces. Hace mucho tiempo que no viajo en avión ni a sitios que hay mucha gente, me pone muy ansioso, pero tal vez es tiempo de enfrentar eso también.

—Tú eres como el papá que nunca tuve.

—Suave, David, no me asustes.

EPILOGO

Cuando cayó sobre la grama, su cabeza se retorció de forma que un ojo quedó mirando directamente hacia el sol. «¡No mires al sol, Pablo, que te vas a quedar ciego!» La voz de su madre le llegaba como un eco lejano de su infancia, volcándose sobre hojas secas que un brazo de aire removía. ¡Qué día bonito! Pensó. Pero lentamente una nube iba creciendo, ocultando la faz luminosa y entristeciéndolo. Cuando el sol se apagó no supo si finalmente se había muerto o si la luz solar lo había cegado.

Wilfredo Matos Cintrón
El cerro de los buitres

30 de octubre de 1973, 6:35 PM
Cabo Rojo, Puerto Rico

El eco de los cuatro escopetazos retumbó en las colinas. Una bandada de palomitas turcas se elevó, azorada, desde el joven árbol de mangó. A los lejos, más allá del cañaveral y el camino de barro, una casucha solitaria entre las piedras.

Una brisa cálida, desde el mar se coló entre ellos, eran siete: Alejo y sus secuaces, el encubierto, Aurelio y yo. Tanta gente para cuatro muchachitos flacos que se mearon y cagaron encima. Todo esto apesta a mierda.

El peor es ese encubierto, grita, llora, los pone desesperados, histéricos... esa es la peor muerte. No hay heroísmo. Después que se acaban los tiros se ríe a carcajadas, como un maniaco. Si fuera por mí le metía un tiro también. Cabrón.

—¿Sabías la identidad de esos cuatro o había ganas de matar y aparecieron ellos?

—Cuatro comunistas menos.

—Aurelio, esto no es una guerrilla, no es una guerra civil, no es Cuba o Vietnam. Es una operación desestabilizadora. Si se llega a la sangre, que sea con personas que valgan la pena, que cause daño e impacto político.

—Por favor, Juan Pablo, no comiences con tus análisis políticos. En Cuba los negros se metían a las casas de los blancos y sacaban a todo el mundo y bam bam bam para limpiar el camino para la revolución y quedarse con las casas. A estos cuatro pendejos no los va a extrañar nadie.

—Un día de estos vamos a liquidar al hijo de alguien poderoso, un hijo rebele de algún político o de dinero y esto se va a joder. Este lo que trae es carne de cañón. Qué carajo de diferencia estamos haciendo.

Los cuatro policías terminaron de echar la tierra sobre los cadáveres, tiraron las colillas de cigarrillos sobre el montículo de tierra rojiza. Sobre las montañas que escondían el horizonte se hizo una corona de colores, de amarillo a anaranjado, mientras el sol llegaba al ocaso pintando el mal de sangre. Los vi caminar con las escopetas en los hombros, reír, vi al camarón cabrón ese burlarse de los que se cagaron.

Me miró con desprecio. Supe en ese preciso momento que un día vendría por nosotros. El pacto de silencio era solo eso. Algún día la avaricia, la ambición, el poder...

—Ahí va un asesino.

—Todos somos asesinos, lo que pasa que él se lo disfruta.

Caminamos hacia los carros. A lo lejos, después del cañaveral, me pareció ver las faldas de una mujer que se movían al viento, traté de enfocar la mirada, pero ni distinguí más.

Cuando llegamos al portón de cercadillo, Alejo se bajó a abrir y cerrar para dejar pasar los carros. El cielo ya se llenaba de estrellas. En un rincón de mi alma que todavía no se había podrido, una pequeña voz de niño invocó una plegaria por los muertos...

Padre nuestro que estás en los cielos
Santificado sea tu nombre
Vénganos tu reino
Hágase tu voluntad en la Tierra
Como en el cielo
Danos nuestro pan de cada día
Y perdona nuestras ofensas...

Agradecimientos

Quiero agradecer al equipo de Editorial La Tuerca por el apoyo y el trabajo, ustedes lo hacen todo, yo, nada: Arnaldo Alicea, Julio A. García, H.R. Llanos. A mi familia por la tolerancia, el amor y la paciencia. A Wilfredo Matos Cintrón, al intentar esto primero. A ti, que me diste ese último empujón para terminarla, ¿magia?

Nota del autor

Huesos secos no es una novela histórica. Pero no podemos obviar que hace unas referencias específicas a un periodo oscuro y controversial de la historia de Puerto Rico. No soy historiador, todo está finamente tejido para crear la trama, pero para que no fuera la trama. Así que la novela no es sobre los crímenes políticos sino más bien sobre las consecuencias a largo plazo. Sigue siendo una novela sobre Sánchez, Marrero y García, sus vidas y sus familias.

Creo firmemente que un propósito primordial de la literatura es entretener. Pero la diversión no debe ser solamente para el lector, el autor tiene que gozar también. Esta es una historia que quería contar y la escribí como la quería contar. La explosión y la persecución en la autopista llevaban mucho tiempo en mi cabeza. Finalmente se me dio.

La HISTORIA es solo eso, historias contadas por alguien desde su punto de vista. Para cada evento puede haber varias, muchas, demasiadas historias y eso teje la HISTORIA. Esta es una de esas historias. ¿Entendieron?

Para los que se interesen por el tema de los asesinatos policiacos, las operaciones federales, el carpeteo, terrorismo y el Cerro Maravilla les recomiendo la siguiente bibliografía:

• Dos linchamientos en el Cerro Maravilla: Los asesinatos policíacos en Puerto Rico y el encubrimiento del gobierno federal del periodista Manuel «Manny» Suárez

• Murder Under two Flags de Ann Nelson

• Las víctimas del Cerro Maravilla de Francisco Aponte Pérez

• El juicio de la historia: contrainsurgencia y asesinato político de Edgardo Pérez Viera

• Wonder Bread Hill de Richard Marx Weinraub

• Y por supuesto, una excelente novela, que en mi opinión debería releerse:

• El cerro de los buitres de Wilfredo Matos Cintrón

www.ingramcontent.com/pod-product-compliance
Lightning Source LLC
Chambersburg PA
CBHW060318260626
47160CB00007B/2656